암군귀환

暗君歸還

암군귀환
暗君歸還 10 완결

초판 1쇄 인쇄일 2017년 5월 12일 │ **초판 1쇄 발행일** 2017년 5월 16일

지은이 용우 │ **펴낸이** 곽동현 │ **담당편집 팀장** 이범수
편집부 신연제 이윤아 홍현주 김유진 조서영 임소담 정요한

펴낸곳 (주)조은세상 │ 출판등록 제 2002-23호
주소 경기도 연천군 미산면 청정로 1355
TEL 편집부 02)587-2966 │ FAX 02)587-2922
e-mail bukdu@comics21c.co.kr

ⓒ용우 2016
ISBN 979-11-6171-004-4 │ ISBN 979-11-5832-658-6(set) │ 값 8,000원

용우 신무협 장편소설

ORIENTAL FANTASY STORY

암군귀환

暗君歸還

완결 10

북두
(주)좋은세상

CONTENTS
NEO ORIENTAL FANTASY STORY

暗君名戮 98 章

98 章

"컥!"

외마디 비명과 함께 울컥하며 목구멍을 타고 오르는 피를 쏟아내는 검제.

시커멓게 죽은피를 가득 뱉어내면서도 그는 이를 악물고 검을 휘두른다.

가히 대적할 것이 없다 불리는 검강이.

강기가 사방에서 흩날리지만 교주의 철벽과 같은 수비를 뚫어 낼 수는 없었다.

오히려 빈틈이 드러날 때마다 강렬한 역습을 당할 뿐.

고양이가 쥐를 가지고 놀 듯 그가 자신을 가지고 논다는 것을 깨달은 것은 이미 오래전.

그럼에도 검제는 포기하지 않았다.

'조금만 더! 조금만…!'

그 조금의 시간이.

수많은 중원 무림인들을 살릴 수 있는 시간이 될 수 있다는 것을 그는 너무나 잘 알았다.

그렇기에 버티고 또 버텼다.

부들부들.

더 이상 몸에 힘이 들어가지 않을 정도로.

무리한 내공의 운영과 역습으로 인해 쌓인 몸의 충격은 결국 한계에 봉착하여 더 이상 움직일 수 없게 만든다.

"쿨럭!"

기침과 함께 흐르는 붉은 피.

몸 깊은 곳에서부터 느껴지는 고통에 검제는 이제 마지막이 다가왔다고 생각했다.

그것은 교주 역시 마찬가지.

"네가 바라는 대로 된 것 같지만, 오래 가진 않아. 그건 너도 잘 알고 있을 테지?"

"흐… 난 지금 내가 할 수 있는 최선을 다할 뿐이오."

"그래, 그 모습 나쁘지 않아. 그러니… 이제 끝내주마."

고오오!

교주의 말이 끝나기 무섭게 그의 몸에서 솟구치는 기운이 단숨에 허공에 거대한 검을 그려낸다.

스르륵.

허공으로 올라가는 교주의 오른손이 그 검을 쥐는 형상을 취하고. 서서히 검제를 향해 내려친다.

그러자 진짜 검이라도 되는 냥 서서히, 하지만 빠르게 검제를 향해 날아드는 기검(氣劍).

무어라 말 할 수 없는 정체의 그것을 보며 검제는 피식하고 웃어버렸다.

그토록 자신이 원하던 경지가 눈앞에서 펼쳐지고 있었다.

"이것도… 마지막이라면 나쁘지 않지."

죽기 전 자신이 바라던 경지를 보았으니 무인으로서 그리 나쁜 삶은 아니었다, 생각하며 눈을 감는 그 순간.

"여기서 끝낼 순 없지."

투확!

쩌저저적!

거대한 기의 파동과 함께 날아든 무엇인가가 기검을 후려쳤고, 덕분에 궤적이 바뀌며 검제의 한참 옆을 내려친다.

땅이 쩍쩍 갈라지고, 기의 후폭풍이 사방으로 뻗어나가지만 검제의 눈은 어느새 자신의 앞을 막아선 사내의 등을 바라본다.

"어떻게…!"

"자세한건 나중에 하자고."

덥썩!

긴 말을 할 것도 없이 휘는 재빨리 검제의 손목을 잡곤 있는 힘껏 그를 뒤편으로 던져버렸다.

갑작스런 상황이기도 했지만 지쳐서 더 이상 몸을 가누기도 힘들었던 탓에 검제는 속수무책으로 날아간다.

그것을 달려들던 백차강이 빠르게 받아내더니, 뒤도 돌아보지 않고 몸을 내뺀다.

그것을 확인하고 나서야 휘는 몸을 돌렸다.

재미있다는 얼굴로 자신을 보며 움직이지 않는 교주.

"설마 이런 곳에서 보게 될 줄은 몰랐는데 말이야."

"후후, 이것도 인연이 아니겠나?"

사실 멀리서 봤을 때는 설마 했었다.

코앞에서 보고 나서야 확신했다.

과거 자신을 연중문이라 소개했었던 사내. 그가 바로 교주라는 것을 말이다.

"당혹스럽긴 한데… 어떻게 생각하면 또 당연한 것 같기도 하고. 오히려 생각하지 못한 내가 바보 같기도 한데 말이야."

"이렇게 젊어질 것이라곤 나도 생각하지 못했거든. 그러니… 몰라보는 것도 당연하겠지."

"몰라보는 게 당연하다? 그때도 그랬지만 날 알고 있는 것 같은데…"

경계하는 휘의 눈빛을 받으며 교주는 크게 웃었다. 어딘
지 모르게 아이의 천진난만한 웃음과 닮아있지만 휘는 경
계를 늦추지 않았다.

반로환동의 고수다.

눈 깜짝할 사이에 어떤 일이 벌어질 것인지 누구도 알 수
없는 것이다.

"기억하는지 모르겠지만, 그때 내가 질문 하나를 남겨두
었었지?"

"……."

당시 그 덕분에 파세경을 구할 수 있었던 것은 사실이다.
이것은 변하지 않는 것이고, 당시 자신이 약속을 했던 것
역시 사실.

그렇기에 휘는 고개를 끄덕였다.

자신을 경계하면서도 약속을 지키려는 휘의 모습을 보며
연중문. 교주는 마음에 든다는 듯 웃는다.

"사실 그때는 다른 걸 물어보고 싶었는데 말이야… 이젠
그럴 필요가 없을 것 같거든. 그래서 다른 걸 묻도록 하지."

"뭐지?"

"너. 내 제자가… 내 후계가 되어 볼 생각은 없나?"

"……."

갑작스런 교주의 말에 크게 놀라는 휘.

설마하니 그가 이런 이야기를 할 줄은 꿈에도 몰랐다. 최대한 감정을 감추려 해도, 흘러나오는 감정을 추스를 수가 없었다.

그럴 수밖에 없었다.

단 한 번도.

결코 단 한 번도 이런 대화를 나누게 될 것이라곤 생각해 보지도 못했었으니까.

하지만 고민은 길지 않았다.

아니, 고민할 필요도 없었다.

"거절하지."

"왜지? 나쁘지 않은 조건이라고 보는데?"

"어딜 봐서 나쁘지 않다는 거지?"

"천하를 두 손에 넣을 수 있지 않은가. 제자도 아닌 후계라고 하지 않았나. 내 뒤를 이어 세상의 주인이 되는 것이다."

담담하지만 광오한 말을 아무렇지 않게 하는 교주를 보며 휘는 고개를 저었다.

"관심이 없군."

"그런가. 아쉽군. 그럼 너의 관심사는 뭐지?"

"당신의 죽음. 그리고 일월신교의 몰락."

"하하하! 그거… 재미있군."

웃음을 멈춘 교주의 몸에서 일순 살기가 치솟아 올랐다.

온 몸을 죄이는 강렬한 살기는 당장이라도 몸을 뚫어버릴 것 같았지만, 휘는 담담히 버텨내었다.

적어도 겉으로는 말이다.

'단순히 살기를 뿜었을 뿐인데… 어렵군.'

살기에 대항하기 위해 단전에서 뿜어져 나온 기운이 온 몸을 휘젓고 다닌다. 그것도 어마어마한 양이.

"제법 실력이 늘어난 것은 사실이다만… 날 막을 수 있다고 보느냐?"

"불가능하겠지. 적어도 지금은."

"시간만 주어진다면 얼마든지 날 막을 수 있다는 소리로 들리는군."

"얼마든지."

단호한 그 대답에 교주는 웃으며 살기를 거두었다. 그리곤 몸을 돌렸다.

"시간을 주지. 그동안 날 즐겁게 해보라고. 물론… 저놈들은 안 멈추겠지만."

와아아아−!

그의 손끝이 일월신교 무인들을 가리키는 순간 그들이 함성을 내지르며 빠른 속도로 이동을 시작했다.

"다음에 볼 땐… 날 만족시켜야 할 거다."

파앗!

그 말을 끝으로 몸을 날려 사라지는 교주를 보던 휘는

입술을 깨물었다.

으득!

"대체 무슨 생각이냐…."

❖

"후후, 재미있군. 재미있어."

자신의 거처로 돌아온 교주의 얼굴에선 미소가 떠나지
않았다.

"내게 오지 않는 것은 아쉽지만, 오히려 이쪽이 더 재미
있겠지. 잘된 일이라고 해야 하나? 후후후."

털썩!

자리에 주저앉는 교주.

마치 그러길 기다렸다는 듯 작은 인기척과 함께 휘경이
모습을 드러낸다.

"지시하신대로 적절한 속도로 도망치고 있는 이들의 뒤
를 쫓고만 있습니다. 본격적인 충돌은 일으키지 않도록 철
저히 명령을 내려놓았으니 별 다른 일은 없을 것이라 생각
합니다."

"수고했다. 장양운은 지금 어디에 있느냐?"

"현재 곤륜에서 이곳을 향해 이동 중인 것으로 알고 있
습니다."

"서두르라 전하고… 네 선택은 아직도 틀리지 않았다고 생각하느냐?"

"그리 믿고 있습니다."

단호한 휘경의 대답에 교주는 웃으며 손을 휘저었다.

스스슥.

사라지는 휘경의 기척.

"아무래도 그 선택은 잘못된 모양이다, 휘경아."

얼굴에서 미소를 지우지 않은 그가 사라진 휘경의 기척을 쫓으며 중얼거린다.

"내상이 심하긴 하나, 이대로 며칠 요양을 하고 나면 평소와 다름없이 움직일 수 있을 겁니다. 내상을 회복하는 데는 약간의 시간을 필요로 하겠지만요."

"생각보다 다행이로군."

"…생각보다는 말입니다."

신묘의 말에 검제가 조용히 시선을 돌린다.

옷으로 가렸지만 온 몸을 붕대로 감고 있는데다, 상처를 치료하는 약초 냄새가 방에 한 가득이다.

치료를 마친 의원이 고개를 숙이고 방을 나가자, 둘만 남은 방에 어색함이 감돈다.

어떻게든 검제가 움직이는 것을 말렸던 신묘와 그런 신묘 몰래 달려갔던 검제.

그 결과가 이러니… 어찌 편하게 이야기가 나오겠는가.

이 어색함을 먼저 깬 것은 신묘였다.

"후우…! 그래도 이만하길 다행입니다. 만약 여기서 맹주님을 잃어야 했다면 여러모로 일이 복잡했을 겁니다."

"내 뒤를 이을 사람은 꽤 많을 것 같은데?"

"뒤를 잇는다고 해서 다 같은 사람인 건 아니지 않습니까? 최악의 경우엔 사황련과의 관계도 재고를 해야 했었겠지요."

신묘가 이마에 손을 얹으며 이야기하자 검제는 슬쩍 시선을 피한다.

아무래도 이번 일과 관련해선 어떻게 해서든 좋은 소리를 듣기 어렵기 때문이었다. 게다가 신묘 몰래 나선 것도 사실이기도 했고.

"우선 내상을 치료하기 위해 소림에서 대환단을 내주기로 했습니다. 내상을 치료하는데 그보다 특효약은 존재하지 않으니까요. 나중에 소림에 감사의 표시를 하는 걸 잊지 않으셔야 합니다."

"귀한 걸 내주는 군. 이젠 소림에도 몇 남지 않았다고 들었는데."

"그만큼 맹주님의 안위가 중요하다는 이야기겠지요. 부디 이번 일을 교훈으로 홀로 움직이시는 일은 없도록 해주시면 감사하겠습니다."

"흠흠. 그러겠네."

어색하게 고개를 끄덕이는 검제.

그 모습에 한숨을 내쉬며 신묘가 일어섰다.

"일단 쉬십시오. 전 암문주를 만나고 오겠습니다."

"이번 기회에… 그를 확실히 우리 쪽으로 끌어들이게. 이번에 확실하게 알았네. 그가 우리 전력의 핵심이 되어야 하네."

"저도 그렇게 생각합니다."

인사를 하고 방을 나서는 신묘.

홀로 남은 방에서 검제는 긴 한숨을 내쉰다.

"후우… 잡힐 듯 잡히지 않는군."

비록 패하긴 했으나 검제가 얻은 것은 결코 작은 것이 아니었다.

그 자리에서 죽었다면 이 모든 것이 소용없는 것이었겠지만, 상황이 어쨌거나 살아있지 않은가.

살아있는 이상 얻은 것을 완벽히 자신의 것으로 소화해야 했다.

그래야만… 다시 한 번 그와 싸울 수 있을 것이다.

"차이가 너무 나니, 쉽게 상대 할 수 있겠다는 이야기도 하지 못하겠군. 그래도 최소한 발목을 잡을 수 있을 정도는 되어야 하겠지."

이미 격의 차이라는 것을 두 눈으로 봐버렸다.

그렇기에 검제는 일월신교주를 쉽게 이길 수 있을 것이란 생각 자체를 버려버렸다.

목표는 하나.

어떻게든 그의 발목을 잡는 것이다.

그 사이에… 누구든 그의 심장에 검을 찔러 넣기를 바라면서 말이다.

"가능성이 제일 높은 건 역시… 그 놈이겠지."

휘의 얼굴을 떠올리며 쓰게 웃는다.

마지막 순간 아쉽지만 두 눈으로 보진 못했다. 하지만 느낄 수 있었다.

교주의 공격을 완벽하게 쳐내는 휘의 움직임을 말이다.

자신으로선 결코 해낼 수 없는 움직임이었다.

설령 멀쩡한 몸 상태였다 하더라도.

'믿을 수 없는 일이지만, 나조차도 뛰어넘었다는 것이겠지.'

예전이었다면 결코 믿지 않았을 것이다.

하지만 이젠 믿을 수 있었다.

다른 누구도 아닌 장양휘이지 않은가.

볼 때마다 무섭도록 성장하는 그의 실력은 검제로 하여금 소름이 돋을 정도였지만, 이젠 아무래도 좋았다.

일월신교주를 막을 수만 있다면 말이다.

"후우…! 부디 이야기가 잘 됐으면 좋겠는데."

검제의 시선이 창밖을 향한다.

향을 맡는 것만으로 머릿속이 맑아지는 것 같은 최고급
의 차를 두고서 휘와 신묘가 마주 앉았다.

차가 완전히 식을 때까지 두 사람은 입을 열지 않았다.

그렇다고 기 싸움을 하는 것도 아니었다.

그저… 할 이야기가 너무 많다보니 그것을 정리하는데
오랜 시간이 걸릴 뿐이었다.

정확히는 신묘쪽이 말이다.

장양운은 신묘가 이야기를 하길 기다리는 중이었고.

그러길 잠시.

마침내 신묘가 입을 열었다.

"아아, 길게 이야기 하려고 했더니 머리만 복잡해져서
안 되겠어. 나도 늙은 모양이야. 머릿속이 정리가 되지 않
는다니."

"신묘께서 이대로 사라지신다면 정도맹이 산산조각 날
수도 있겠습니다."

"그건 맹주께서도 마찬가지인 상황이지. 어쨌거나… 이
말부터 하고 싶었네."

"네?"

"고맙네. 맹주님을 구해주어서."

조용히 고개를 숙이는 신묘를 보며 휘의 얼굴 표정이 묘하게 바뀐다.

아무리 검제의 역할이 중요하다곤 하지만 일가의 가주이자 정도맹의 군사인 그가 머리를 숙일 정도라곤 생각지 않았다.

막말로 검제가 죽어서 정도맹 전체가 복잡해질 정도라 그의 일이 늘어난다면 신묘 역시 그만두고 은거해버리면 될 일이었다.

그런데 그는 마치 자신의 일처럼 휘에게 감사를 표시하고 있었다.

숙인 고개를 일으키며 신묘가 다시 입을 연다.

"이상하다고 볼 수도 있지만, 이게 내 솔직한 마음이네. 지금의 정도맹은… 아니, 무림은 검제라는 존재가 없이는 유지가 될 수 없네. 그만큼 그분을 중심으로 수많은 것들이 연결되어 있다는 뜻이네."

"이해가 안 되는 건 아닙니다. 저도 그분의 중요성을 생각했기에 그곳으로 달려갔던 거니까요."

"하긴 자네라면 그럴 수도 있지."

고개를 끄덕이며 식어버린 찻잔의 차를 단숨에 들이켜 목의 갈증을 풀어낸 신묘가 신중한 눈으로 휘의 얼굴을 바라본다.

"이전부터 제안하고 싶었던 것이지만 우리와 함께 움직일 생각은 없는가?"

"…전에도 말씀드렸지만 저희끼리 움직이는 편이 좋습니다."

"그건 나도 알고 있네. 그래도 아쉬운 것은 사실이네. 자네… 아니, 자네들의 실력이라면 우리에게 더 큰 도움이 될 수 있겠다는 것 말일세. 우리 쪽 욕심이 없다곤 말을 할 수 없겠지만."

"그래도 싫습니다. 저희가 어딘가에 얽매이게 된다는 것은 저희만의 힘을 발휘할 수 없게 되어버린다는 뜻이기도 합니다. 지금 이 상태가 저희의 힘을 최대한 발휘 할 수 있는 위치라고 봅니다."

"대신 어느 쪽에도 치우치지 않고?"

"그렇죠."

웃으며 대답하는 휘를 보며 신묘는 고개를 흔들었다.

어차피 이렇게 나올 것이란 사실은 아주 잘 알고 있었다. 그리고 원했던 대답이기도 하고 말이다.

암문의 존재는 이제와 무림에 없어선 안 될 존재가 되어버렸다.

그런 그들이 자신들이 아닌 사황련에 붙는다면…

'이런 시기에 이런 걸 생각하고 있다는 것은 나도 아직 멀었다는 건가?'

쿵!

강하게 자신의 머리를 한 대 쥐어 박아준 신묘가 너털웃음을 짓는다.

그걸 보고 있던 휘는 갑작스런 상황에 잠시 놀랐다가 마주 웃었다. 그가 무슨 생각을 하는 것인지 대충 짐작되었기 때문이다.

"자네의 눈에 어떻게 비칠지는 모르겠지만 나로선 지금의 위치에서 할 수 있는 최선을 다하고 있는 것이라고 생각해주게. 될 수 있으면 저쪽에는 이야기 안했으면 하고. 괜한 의심을 살 수도 있는 이야기니…."

"지금 같은 시기에 분란이 일어나선 좋지 않죠."

"뭐… 그렇지. 애초에 이쪽 잘 못이니 뭐라고 할 수도 없고 말이야."

이야기를 하며 고개를 돌리는 신묘.

그의 시선이 향한 곳엔 벽에 걸린 거대한 중원 지도가 있었다.

이젠 천하의 절반이 일월신교에게 넘어가버렸다.

지금 이 순간에도 수많은 문파들이 놈들을 피해 정도맹으로, 사황련으로 달려오고 있었고.

반대로 살아남기 위해 저들에게 고개를 숙이는 자들도 있었다.

전력을 드러내고 얼마 지나지도 않아 벌어진 일.

신묘로선 평생.

평생 한 번도 생각해보지 못한 일이었지만, 눈앞에서 벌어지고 있는 일은 현실이었다.

그것을 자각하지 못할 정도로 그는 멍청이가 아니었다.

동시 놈들을 막아낼 뾰족한 방법이 없다는 것도.

"이제 놈들이 어떻게 움직일 것 같나?"

"본격적으로 움직이기 시작한 이상 놈들의 행동에는 거침이 없을 겁니다."

"거침이 없다?"

"더 이상 자제할 필요로, 감출 필요도 없으니까요. 게다가 교주가 직접 나선 상황. 이런 상황에서 중원 무림에 가장 큰 타격을 줄 수 있는 곳이 어딜까요?"

"…소림과 무당인가."

"정확히는 무당이 되겠지요. 바로 코앞에 둔 먹잇감으로 보일 테니까."

냉정한 휘의 발언에 신묘는 긴 한숨을 내쉰다.

그 역시 그리 생각했기 때문이었다.

무당산 아래에 거대하게 펼쳐진 저지선.

각 세력별로 자리를 잡아 질서정연하게 늘어선 그 모습은 보는 것만으로도 장관이었다.

밤을 밝히는 횃불이 곳곳에 마련되어 있다 보니, 무당 전체가 대낮처럼 밝아 보인다.

그 모습을 무당파에서 내려다보니 더 확연하다.

무당 장문인 태극검은 무수한 불빛과 그들에게서 흘러나오는 기세를 느끼며 한숨을 내쉰다.

무당 전체에 깔린 긴장감과 불안감이 마치 저들에게 옮겨붙은 것처럼 비슷한 기운이 흐르고 있지 않은가.

'싸움을 앞두고서 이런 기운이 흐른다는 것 자체가 문제지. 결코 좋은 일이 아니야. 만약… 최악의 경우 우리가 여기서 밀린다면 그야 말로 돌이킬 수 없는 타격을 입게 되는 것이겠지.'

머릿속이 절로 복잡해져온다.

"그것을 알고 있으니 정도맹에서 저만한 인원을 지원한 것이겠지만… 불안하군."

"불안한 것이 당연한 일일 것이오. 나 역시 잠이 오지 않을 정도이니…."

"오셨습니까, 대사."

태극검의 곁에 선 것은 소림방장 혜명대사였다.

그가 소림의 정예를 이끌고 무당을 돕기 위해 한달음에 달려온 것이다.

그 뿐만 아니라 수많은 이들이 무당을 돕기 위해 달려왔다.

중경에서 큰 힘을 발휘하지도 못하고 밀렸다지만, 이젠 그럴 수도 없었다.

어떻게든 지켜야 하는 곳이니까.

중원 무림의 자존심이라 말하는 소림과 무당.

두 기둥의 하나이지 않은가.

만약 이곳이 무너지게 된다면 정신적인 타격은 회복하기 어려운 수준으로 무너져 내릴 수도 있었다.

"이런 때일수록 무림에 영웅이 등장해야 하는 것인데 말입니다."

"영웅은 이미 등장했지 않습니까."

말과 함께 밑을 둘러보는 태극검.

"비록 그 힘은 강하다 할 수 없으나 중원 무림의 미래를 위해 기꺼이 나선 저들이야 말로 진정한 영웅이라 할 수 있을 것입니다."

"허허, 그것을 말하고자 하는 것이 아닙니다. 저들 역시 영웅이라 할 수 있으나 제가 말하고자 하는 것은 시대의 흐름을 바꿀 수 있는 영웅을 말하는 것입니다."

"시대의 흐름이라…."

"그런 자야 말로, 진정 난세의 주인이 될 자격이 있는 법이지요."

말을 하면서 쓰게 웃는 혜명대사.

"어쩌면 그 주인이 일월신교주일 수도 있지만 말입니다.

이 늙은이는 아직 희망을 가지고 있습니다."

"…그랬으면 좋겠습니다. 그래도, 나쁜 소식만 있는 것
은 아니지 않습니까?"

태극검의 말에 단박에 누굴 말하는 것인지 알아들은 듯
혜명대사가 빙긋 웃었다.

"어쩌면 그가 제가 말하는 자가 될 수도 있겠지요. 꼭 그
리 되었으면 합니다."

"후후, 저 역시 마찬가지입니다. 영웅이 누가 되든 상관
은 없지요. 이 난세를 종결 시킬 수만 있다면 말입니다."

중원 무림이 속으로 곪고 있을 때, 일월신교는 칼을 갈았
다.

그 결과가 지금 나타나고 있었다.

단숨에 중원의 반을 잃어버리고, 수많은 무인들이 집결
했음에도 불구하고 불안함의 기운이 맴도는 것.

이것이 중원 무림의 현실이었다.

와아아아—!

두두두!

그때 함성과 함께 지축을 울리는 진동이 느껴진다 싶더
니.

마침내 일월신교 본단 무인들이 모습을 드러낸다.

강렬한 투기를 발산하면서.

와아아아-!

지축을 울리는 함성 소리가 산 너머에서 들려오자 휘와 암영들의 시선이 잠시 그곳을 향하지만 이내 눈을 감는다.

무당에서 멀지 않은 곳에서 대기하며 충분한 휴식을 취하고 있는 그들.

휘의 명령에 따라 암영들은 모두 일체의 신경을 끈 채로 휴식을 취하고 있었지만, 두 사람은 그런 분위기에 쉬이 적응하지 못했다.

괴검과 화소운이었다.

그나마 화소운은 천향검에서 얻은 것들을 자신의 것으로 만드느라 시간을 보내고 있었지만, 괴검은 아니었다.

과묵하고 말이 없던 그 조차 저 멀리서 느껴지는 힘의 파동은 그를 움직이게 만들었고, 결국 휘의 곁으로 다가가게 만들었다.

"움직이지 않을 생각이냐?"

"아직은 때가 아닙니다."

"때를 가리고 있을 때가 아니라고 생각한다. 암문의 전력이 강한 것은 맞지만 일월신교와 비교 할 것은 아니다. 처음부터 중원 무림과 손을 잡고 움직이는 것이 더 나을 수도 있다."

괴검의 진지한 물음.

다들 궁금했던 것인지 어느새 눈을 뜨고 휘를 바라보고 있었다.

그에 휘는 어쩔 수 없다는 듯 자세를 바로하며 답했다.

"우리에겐 우리가 해야 할 역할이 있습니다."

"역할?"

"우리의 강점이 뭐라고 생각합니까?"

"강점이라… 소수정예인가?"

그제야 뭔가 감을 잡은 듯 눈을 빛내는 괴검을 향해 휘는 답했다.

"소수정예. 그것도 무림 최강의 소수정예라 저는 확신할 수 있습니다. 이런 우리이기에 할 수 있는 최고의 싸움법은….'

"일월신교의 수뇌를 치겠단 소리로구나."

"그게 가장 좋은 방법이니까요."

그제야 고개를 끄덕이는 괴검과 암영들.

확실히 지금의 휘가 선택 할 수 있는 가장 좋은 방법이었다.

이대로 암문이 중원 무림과 어울리며 함께 움직여도 되지만, 역시 자유롭지 못하는 움직임이 발목을 잡게 될 것이다.

뿐만인가?

이런저런 시선들 때문에 쉽게 움직일 수도 없다.

그럴 바에는 차라리 처음부터 별개로 움직이며 저들의 머리를 노리는 것이 가장 좋은 방법이었다.

몸통은 중원 무림이 어떻게든 잡아 줄 것이다.

그 사이를 놓치지 않는다면 충분히 가능한 방법이었다.

아니, 암문이 가장 큰 힘을 발휘 할 수 있는 분야였다.

"지금으로서 최고의 방법이라 할 수 있지만… 그래도 한계는 있다. 너도 알고 있겠지?"

"그래도… 지금은 이 방법뿐입니다."

단호한 휘의 대답에 괴검은 더 이상 묻지 않고 자신의 자리로 돌아간다.

휘 역시 다시 휴식자세를 취했고, 암영들 역시 본래의 모습으로 돌아간다.

'원래 내가 생각했던 것들과 많은 것이 달라졌어. 특히 교주의 반로환동은 상상이상. 내가 준비한 것들 역시 앞당겨야 할지도….'

일월신교에게 한방 먹이기 위해 휘 역시 준비를 하지 않은 것은 아니었다.

천마신교와 봉황곡.

그리고 북해빙궁.

놈들의 뒤통수를 후려칠 강력한 아군이 셋이나 있었다.

문제는 기껏 숨죽이고 있는 그들을 언제까지 숨겨 둘 수 없을 것 같다는 것이지만.

'무림이 흘러가는 방향은 내가 생각했던 것과 큰 차이는 없어. 오히려 이쯤에서 막아내고 있는 것이 대단할 정도니까.'

전생에서 속수무책으로 무너졌었던 중원 무림을 생각하면 지금의 모습은 엄청난 것이었다.

하늘과 땅의 격차를 두고 있다고 해도 믿을 정도로.

그럼에도 불구하고 휘를 불안에 떨게 하는 것은 겨우 단한 사람 때문이었다.

일월신교주 연중문.

그 괴물 말이다.

'지금의 내 모든 것을 내던져도… 이길 수 없어. 그건 확실해.'

으득!

그를 떠올리는 것만으로 이를 악물게 될 정도지만, 휘는 현실을 직시했다.

이길 수 없는 상대는, 이길 수 없다.

적어도 지금은 말이다.

'그렇다면 지금 내가 할 수 있는 것은 하나뿐이지. 놈의 수족을 철저히 끊어내는 것. 일월신교주와의 싸움을 철저히 피하면서 일월신교 자체에 타격을 입힌다. 지휘를 해야할 자들이 사라진다면 전체적인 움직임이 둔해질 거야. 그정도라면 중원 무림도 충분히 해결 할 수 있어.'

그때가 되면 일월신교 내부에서도 이런저런 흔들림이 나오게 될 것이 분명했다.

그 틈을 파고든다면 충분히 저들을 물리칠 수 있을 것이다.

실력의 차이가 난다고 하지만 머리 숫자는 중원 무림을 따라 잡을 수 없는 것이 일월신교다.

그러니 어떻게든 수뇌부만 처리 한다면 해결 할 수 있을 확률이 매우 높았다.

'거기에 일월신교주를 죽일 수 있다면⋯ 지금은 무리지만 시간만 주어진다면, 충분해!'

눈을 빛내는 휘.

혈마공 4단계로 가는 길이 휘의 눈에 보이기 시작했다.

그것은 휘에게 큰 자신감을 심어주기에 부족함이 없었다.

그날 교주와 검제와의 싸움은 휘에게 많은 것을 선물해 주었다. 뿐만 아니라 겨우 한수에 불과하지만 교주의 공격을 몸으로 경험한 것 역시.

수많은 것들이 모여서 서서히 휘의 몸에 녹아들었고, 덕분에 어제부터 실마리를 잡을 수 있었다.

혈마공 3단계를 완성하고 나서도 잡을 수 없던 4단계로 가는 길을 말이다.

'혈마공 4단계를 완성시킨다면⋯ 충분히 싸워 이겨낼 수 있을 거야.'

비록 그때가 언제인지 알 수 없다는 것이 문제긴 하지만.

휘는 직감적으로 느낄 수 있었다.

그때가 의외로 가깝다는 것을 말이다.

骑归右篡 99章

99 章

'이거 장난이 아닌데?'

온 몸이 찌릿해질 정도로 강렬한 투기가 진영 전체에 은은하게 흐르고 있었다.

높아진 사기를 반영이라도 하듯 사람들의 눈에선 자신감이 넘쳐흐른다.

마지막 후속대를 이끌고 본진에 합류한 장양운.

그의 눈으로 본 신교 무인들의 기세는 이전과 비교 할 수 없을 정도로 강렬해져 있었다.

그것을 체감하며 마침내 교주의 앞에 무릎 꿇는 장양운.

"수고했다. 이미 소식을 들어 알고 있겠지만 며칠 뒤 우리는 무당을 넘는다. 그 선두에… 네가 있을 것이다."

부르르…!

교주의 선언에 세차게 몸을 떠는 장양운.

다른 곳도 아닌 무당이다.

중원 무림의 기둥이라는 무당을 넘는 길에 자신을 앞세우겠다는 이야기는 곧 자신을 후계로 인정하겠다는 것과 다를 바가 없었다.

뭐라 설명하기 어려운 기운이 온 몸을 흥분시킨다.

"최선을, 최선을 다하겠습니다!"

"실망시키는 일이 없어야 할 것이다."

"실패는 곧 죽음으로 사죄하겠습니다!"

"좋다. 쉬어라."

흥분한 기색을 감추지 못하고 붉게 달아오른 얼굴로 물러서는 장양운을 보며 교주는 미묘한 웃음을 짓는다.

"과연 할 수 있을까? 네 의견은 어때?"

스스슥.

"충분히 가능하다 봅니다. 이 전력을 가지고 무당 따윌 넘지 못할 이유가 없다고 생각합니다."

조용히 모습을 드러내며 답을 하는 휘경에게 시선을 주며 묻는 교주.

"너도 알겠지만, 저쪽에는 우리가 예측 할 수 없는 존재들이 있지. 이번 싸움은 꽤 거칠어지겠지. 감히 승부를 장담 할 수 없을 정도로."

"…그렇게까지 장양운의 가능성을 낮게 보십니까?"

날이 선 휘경의 물음에 교주는 웃으며 자리에서 일어선다.

"녀석의 가능성을 낮게 보는 것이 아냐. 반대로 놈들의 가능성을 더 높게 치고 있을 뿐."

"그게 그거 아닙니까?"

"전혀 다른 말이지. 놈들의 능력이 내 예상을 벗어났다는 거니까."

알쏭달쏭한 교주의 말에 휘경은 더 이상 입을 열지 못했다.

입을 연다 하더라도 돌아오는 대답은 지금과 비슷할 것이니 묻지 않는 것이 정신 건강에 더 좋을 것이라 판단했다.

그런 그의 마음을 읽기라도 한 것인지 교주가 환하게 웃으며 휘경을 바라본다.

"이번 전투에선 내 곁을 떠나 녀석의 곁을 지켜도 좋다."

"듣기에는 좋은 말입니다만, 거절하겠습니다. 제가 지켜야 할 자리를 잊을 정도로 멍청하진 않습니다."

"푸하하핫!"

가볍지만 확실한 의사를 보이는 휘경을 보며 결국 크게 웃음을 터트리고 마는 교주.

한참을 웃고 나서야 그는 눈가의 눈물을 훔치며 겨우 몸을 진정시킨다.

"그게 싫어서 벗어나려는 것이 아니냐?"

"……."

"이번엔 녀석의 곁에 있어라. 그리고 위기의 순간이 다가오면… 네 모습을 드러내도 좋다."

"그 말씀은…."

"기대되는 군."

웃으며 시선을 돌리는 교주.

그 모습을 보며 휘경은 속으로 한숨을 내쉰다.

'나쁘지 않은 일이야. 걸리는 것이 없지는 않지만… 지금으로선 어쩔 수 없지.'

❖

"정사의 젊은 고수들을 집결시켜 놓은 용호단이 정식으로 발족했다는 이야기는 들었지만, 이 위세는 생각했던 것보다 더 대단하군요."

태극검이 감탄한 얼굴로 무당 산문을 지키고 선 용호단 무인들을 본다.

"젊은 나이에 실력이 있다 보니, 기고만장해졌던 녀석들이 많았습니다만… 제대로 된 단주가 오고나선 확실히 기강이 잡혔습니다."

"오셨습니까?"

"저들을 데리고 오느라 오히려 늦었습니다."

"아닙니다, 수고하셨습니다. 현 무림에서 군사를 욕하는 이는 아무도 없을 겁니다."

웃으며 신묘를 맞이하는 태극검.

용호단과 함께 신묘가 무당으로 왔다.

일선에서 적극적으로 사람들을 지휘하고, 일월신교의 전력을 두 눈으로 확인하기 위해서였다.

"그래도 군이 위험을 감수할 필요가 있겠습니까? 솔직한 말로… 이만한 전력으로도 저는 불안감을 가지고 있습니다만."

"저도 압니다. 그러니 제 눈으로 확실하게 해둘 필요가 있다고 생각했습니다. 앞으로를 위해서라도 말입니다."

"으음…."

"일단 이곳을 지키는 것부터 해야겠지요."

신묘의 말에 태극검이 한숨을 내쉬며 고개를 끄덕인다.

날이 밝기 무섭게 기다렸다는 듯 일월신교 무인들이 움직였다.

와아아아~!

함성을 내지르며 달려드는 그들의 기세가 무서울 정도였지만, 전날 도착한 신묘의 지시 아래 중원 무인들이 움직이기 시작했다.

팔괘진을 변화시킨 진법을 중심으로 무당산을 지킨다.

그것이 신묘의 계획이었고, 처음에는 계획대로 잘 맞아떨어진다 싶었다.

하지만 그것도 잠시.

"뚜, 뚫렸…!"

"아아악!"

"사, 살려줘!"

한쪽이 무너지기 시작하자 집요하게 그곳을 노리기 시작했고, 미처 대응하기도 전에 팔괘진이 무너져 내렸다.

많은 인원을 움직이다보니 대응이 늦어져 버렸던 탓이다.

이에 신묘는 다시 한 번 대책을 세우려고 했지만, 그보다 먼저 나선 이들이 있었으니.

"우리가 막는다!"

"와아아아!"

용호단이었다.

단주의 외침과 함께 일제히 움직이기 시작한 그들은 과연 그 이름처럼 용맹무쌍하게 일월신교 무인들에게 달려들더니, 금세 무너진 팔쾌진을 회복시켰다.

그리고 그 선두에.

용호단주의 자리를 맡은 사황이 있었다.

"사황이 결국 용호단을 맡은 모양입니다."

백차강의 말에 휘는 고개를 끄덕이며 사황의 움직임을
살폈다.

휘로선 사실 이렇게 될 것이라고 생각하고 있었다.

젊고 실력 좋은 이들을 모아 놓은 곳이다 보니, 그들을
다루기 위해선 역시 젊으면서도 더 뛰어난 실력을 갖추어
야 하는데 어디 그게 쉽겠는가?

가장 좋은 것은 자신이 맡는 것이지만 그것을 거절했으
니, 자연스럽게 그 시선은 사황을 향했을 것이다.

사황의 위치를 생각한다면 말도 안 되는 일이긴 했다.

'그래도 지금 모습을 보면 납득을 시켰다는 이야기겠지.
그리고 잘 맞아 떨어진 것 같기도 하고.'

자신의 실력을 마음껏 발휘하며 용호단을 지휘하는 사황
의 모습은 생동감이 넘쳐흐르고 있었다.

무림에 등장하자마자 사황련이 만들어지고 하다 보니,
그 스스로 마음껏 날뛸 수 있는 무대가 거의 없었다.

그렇기에 모든 부담감을 던져버리고 마음껏 날 뛸 수 있
는 지금 무대가 마음에 들지 않을 수 없을 것이다.

'생각해보면 그 역시 젊은 건 마찬가지니, 의외로 더 잘 맞을 지도 모르지.'

휘 역시 겉으로는 저들과 크게 다를 것이 없다.

하지만 전생에서, 지금의 삶에서 살아온 시간은 결코 작지 않았다.

"이렇게 보고 있으니 확실히 일월신교에 고수가 많습니다. 중원 무인들의 움직임도 나쁘지 않은 편인데… 월등히 그 수준을 넘으니, 상대가 되질 않을 수밖에요."

"지금의 중원 무림으로선 저들의 발목을 잡는 역할 이상을 수행하긴 어렵겠지. 진정 하나가 되어도 모자랄 판에, 아직 그러지 못하고 있으니까."

휘의 말에 상황을 보고 있던 모두가 고개를 끄덕이며 동의했다.

중원 무림인들이 잘 싸워주고 있는 것은 맞지만 전체적인 전력으로 따지면 일월신교가 한 수 위였다.

숫자는 적지만 그들 하나하나가 고수라 불리지 않을 자들이 없을 정도였으니 말이다.

고수의 숫자만 따진다면 오히려 중원 무림이 크게 밀리는 상황이기도 했고.

"음?"

그때 휘의 눈에 저 멀리 뒤늦게 움직이는 무리가 눈에 보였다.

그리고 잠시 뒤.

"이제 슬슬 움직일 때가 된 모양이다."

"기다리고 있었습니다."

휘의 말이 떨어지기 무섭게 자리에서 일어서는 암영들.

그 기세가 사뭇 무서울 정도로 날카로웠다.

진즉 휘의 지시에 따라 전장의 상황을 지켜보며 일월신교 무인들을 지휘하는 자들을 확인하고 있던 상황이다.

목표는 정해졌으니 이제 명령만 남은 상황이었는데, 그 명령이 떨어진 것이다.

"확실하게 처리하고 무사히 빠져나온다. 난… 놈을 맡아야 할 것 같으니."

"존명!"

"가자."

파바밧!

휘를 필두로 암영들이 일제히 날아오른다.

❖

"하! 설마 이런 곳에서 보게 될 줄은 몰랐는데 말이야."

"끝을 낼 때가 됐다."

휘의 차가운 말에 장양운은 비릿한 미소를 짓는다.

"그래, 끝을 낼 때가 되긴 했지. 네 도움 덕분에 내 자리를 완벽하게 찾을 수 있었으니, 이젠 네놈이 필요 없어졌거든."

"겨우 그 자리를 손에 넣기 위해… 모두를 그렇게 만들어야 했나?"

"당연하지! 가지고 싶은 것이 있다면 그것이 무엇이든! 걸림돌은 없애버려야 하니까 말이야. 너처럼!"

파앗!

말이 끝나기 무섭게 휘를 향해 달려드는 장양운.

어느새 그의 몸에선 엄청난 기운이 쏟아져 나오고 있었는데, 그 힘이 이전과 비교 할 수 없을 정도로 강력한 것이었다.

투확!

날카롭게 쏘아진 검.

그 궤적을 바라보던 휘가 한숨을 내쉬었다.

"넌… 바뀌는 게 없구나."

쩡!

그리고 혈룡검을 뽑아 들어, 놈의 검을 막았다.

자신과 쌍둥이지만 놈의 탐욕은 그 도를 벗어나고 있었다. 어린 시절부터 유난히 그랬었다는 것이 뒤늦게 떠올랐지만.

'이제와 무슨 상관이겠어.'

쩌정! 쩡!

연신 두 사람의 검이 부딪치며 굉음을 만들어내고.

기의 파동이 주변에 크게 영향을 끼치기 시작한다.

"예전부터 네놈은 항상 내 앞을 앞서갔지! 난 그게 싫었어! 내가 최고여야 하고, 최고였어야 했다!"

"난 그런데 관심이 없었다. 그저 평범하게…."

"그게 싫었다, 이 새끼야!"

쩌저정! 쩡!

거칠게 휘둘러오는 검이 다채로운 변화를 일으키며 일순간 휘를 압박하지만, 휘는 침착하게 놈의 공격들 중간에서 빠르게 차단시키며 반격에 들어갔다.

아니, 들어가려고 했다.

마치 자신의 공격이 막힐 것이라 예상이라도 한 듯 어느새 새로운 공격을 펼치는 놈의 모습이 없었더라면 말이다.

"봐라! 이 재능을! 이런 재능을 가지고서 평범하게 산다고? 미친 짓이지! 세상을! 이 세상을 두 손에 쥘 수 있는 재능이란 말이다!"

"후… 길게 이야기해도 소용없겠지."

쩌저적! 쩡!

두 사람의 검격이 점차 그 힘을 더해가고.

휘는 그 입을 다물었다.

이야기를 한다고 해서 들어먹을 인간도 아니지만, 놈의 몸에서 느껴지는 기운이 점차 그 강도를 더해가고 있던 탓이었다.

'게다가 묘하게 어디선가 느껴본 것 같은 기운이기도 하고.'

어디선지는 모르겠지만 장양운의 몸에서 흐르는 기운은 분명 익숙한 것이었다.

아니, 미묘하게 다르기는 하지만 분명 어디서 느껴본 적이 있었다.

그것이 휘의 신경을 계속해서 쓰게 만든다.

"하앗!"

그때 장양운이 기합과 함께 강하게 검을 휘둘러온다.

우우웅!

번뜩이는 빛.

검강이었다.

"흡!"

휘 역시 그냥 있지 않았다.

어느새 혈룡검 위로 검강이 모습을 드러내고.

둘의 검이 부딪친다.

콰아앙!

어마어마한 굉음과 함께 두 사람의 신형이 떨어졌다, 붙었다를 반복하기 시작했다.

손이 찌릿찌릿할 정도로 강렬한 충격에 휘는 잠시 놀라지 않을 수 없었다.

분명 마지막으로 봤을 때 장양운의 실력은 이 정도는

아니었기 때문이었다.

심지어 자신의 실력이 더 높아졌음에도 불구하고 자신에게 충격을 줄 정도로 강렬한 공격을 할 수 있다는 것은 많은 것을 의미하고 있었다.

츠츠츠!

점차 피어오르는 검붉은 기운이 장양운을 감싸고.

쿠오오오!

거기에 자극을 받은 것인지 세 마리의 혈룡이 울음을 터트린다.

삽시간에 검붉고, 붉은 기운이 허공에서 힘겨루기를 시작하고.

두 사람의 신형이 다시 얽혀든다.

눈앞을 가득 메우며 날아드는 장양운의 검은 날카로우면서도 폭발적인 야성미를 간직하고 있었다.

쉽게 말해 하나라도 놓치는 순간 목숨을 잃을 정도로 강력한 공격이란 것이다.

거침없이 달려드는 장양운의 공격을 적절한 움직임과 혈룡검을 움직임으로써 막아낸 휘는 재빠르게 반격을 가하려고 했지만, 마치 뒤는 없다는 듯 달려드는 장양운 때문에 쉬이 그럴 수가 없었다.

틈을 주지 않는 공격일변도인 것이다.

쩌적!

뒤편으로 날아간 검강이 땅을 베고.

둘의 검이 부딪치며 튄 강기의 파편이 굉음과 함께 이곳 저곳을 박살내버린다.

두 사람을 중심으로 족히 백여 장은 텅 빈 상황.

얼마나 치열한 싸움이 벌어지고 있는 것인지, 두 세력 모두 싸움을 멈추고 거리를 벌린 채 둘의 모습을 지켜보고 있었다.

이 싸움의 승기가 두 사람에게 걸린 것이다.

'강하다! 대체 그동안 무슨 일이 있었던 거지?'

혈룡검을 쥔 손이 연신 얼얼한 정도로 강렬한 충격이 전해지고, 고도의 집중력을 요구할 정도로 장양운의 실력은 일취월장해 있었다.

아니, 일취월장이란 단어로는 도저히 설명할 수 없을 것 같은 실력의 발전이 있었다.

'아무리 그래도 설마 혈마공 3단계와 엇비슷한 힘이라니…'

놀랍게도 장양운은 혈마공 3단계와 비슷한 힘을 발휘하고 있었다.

이것이 그의 모든 것을 드러내고 있는 것인지는 아직 알수 없으나, 당장 보이는 것만으로도 엄청난 능력이지 않을수 없다.

그렇기에 휘도 안심 할 수 없었다.

솔직하게 아직 여유가 있는 것은 사실이지만, 그 여유가 완전히 사라질 수도 있는 상황인 것이다.

'제일 문제 되는 것은 대체 어떻게 강해졌느냐가 아니라, 녀석의 실력이 진짜라는 거겠지. 다음에 볼 때는 어렵지 않게 상대 할 수 있을 거라고 생각했는데….'

쉽게 생각했던 상대가 자신과 비등한 능력을 발휘하고 있었다.

좋든, 싫든 결코 좋은 방향은 아니다.

'일단 어떻게든 반격을 해야 할 것 같긴 한데… 쉽지 않군.'

스컥!

쩌엉-!

어느새 사각에서 베어 들어오는 날카로운 검을 막아내며 살짝 뒤로 물러서는 휘.

장양운의 공격은 패도적이다가도, 어느 순간 그 기척을 지워버리고 사각에서 날아들었다.

마치 암영들의 움직임처럼.

완벽하게 상대적인 공격이기에 양립하는 것이 쉽지 않음에도 불구하고 장양운은 너무나 쉽게 공격하고 있었다.

심지어 호흡하는 그 순간까지도.

무인에게 있어 호흡은 아주 중요한 것이다.

실력의 고하를 떠나 제대로 된 호흡을 하지 못하는 자는 큰 힘을 발휘 할 수 없다는 것이 정론인데, 장양운은 그것을 비웃기라도 하듯 제대로 된 호흡을 가지지 않고서도 휘에게 엄청난 공격을 퍼붓고 있었다.

숨을 참아야 순간에 반대로 편하게 호흡을 하기도 하고 말이다.

너무나 신기한 모습이지만 당장의 휘에겐 귀찮고, 까다로울 뿐.

'그래도 슬슬 눈과 몸이 익기 시작했어.'

터텅!

쩡!

기회를 노리며 다시 한 번 놈의 공격을 막아낸 휘는 지금이야 말로 그때라고 느꼈다.

그 순간.

스르륵.

아주 자연스럽게 바람을 타고 뒤로 물러서는 휘.

"흡!"

장양운이 거리를 주지 않기 위해 휘를 향해 반보 앞으로 나서는 그 순간!

투확!

"큭?!"

눈 깜짝할 사이에 휘의 어깨가 장양운의 가슴을 세차게

두드리며 멀리 날려버린다.

신음과 함께 뒤로 날아간 장양운이 재빨리 자세를 잡지만 그의 얼굴엔 대체 무슨 일이 벌어진 것인지 알 수 없다는 표정이 가득하다.

반대로 휘의 얼굴에는 이제야 여유가 생겨 보인다.

"네놈… 대체 무슨 짓을?"

"글쎄. 그걸 지금 같은 상황에서 알려줄 필요가 있을까?"

으드득!

휘의 말을 빈정거림으로 들은 것인지 강하게 이를 가는 장양운.

그러면서도 그는 아직도 상황을 제대로 이해하지 못하고 있었다.

당연한 일이다.

휘가 한 것이라곤 놈이 반보 앞으로 내딛는 그 순간.

녀석을 향해 한 발 크게 앞으로 내딛었을 뿐이니까.

서로가 서로를 향해 달려들었으니, 찰나의 순간 좁혀지는 거리는 눈으로 따라 잡기 어려울 정도였고.

휘는 그 순간을 놓치지 않고 어깨로 장양운의 가슴을 들이받은 것이다.

반보와 한걸음.

겨우 그 차이지만 서로를 향한 걸음이기에 그 효과는

어마어마한 것이었다.

"후…!"

길게 호흡을 내뱉으며 강하게 뛰는 심장을 진정시키는 휘.

당장이라도 녀석을 향해 달려들 것 같은 몸과 마음을 가라앉히며 휘는 냉정하게 상황을 파악하려 들었다.

장양운의 뒤를 생각하지 않아도 되는 상황이라면 얼마든지 달려들었겠지만, 아쉽게도 그럴 수 없었다.

미미하긴 하지만.

'지켜보고 있는 이가 있다. 비밀 호위인가? 어디선가 느껴본 것 같은데 아닌 것 같기도 하고. 신경 쓰이는데….'

몸을 감추는 기술이 아주 좋다.

싸우는 상황만 아니라면 아무리 은신 실력이 좋더라도 어렵지 않게 찾아냈겠지만, 지금 같은 상황에선 제 아무리 휘라도 어려운 일이었다.

그렇다고 한 눈을 팔 수 있는 상대도 아니고 말이다.

'우선은 놈에게 집중. 집중….'

휘의 시선이 장양운에게 고정된다.

'젠장! 이 괴물 같은 놈!'

연신 공격을 쏟아내면서도 장양운은 치밀어 오르는 불쾌감을 해결 할 수 없었다.

자신이 전력으로 공격하고 있음에도 놈에겐 통하지 않았다.

지금 이 힘을 손에 넣기 위해 얼마나 고생했던가.

얼마나 많은 이들이 희생이 되었는지는 중요하지 않다. 그저 그렇게 손에 넣은 힘이 놈에게 통하지 않는다는 것이 중요할 뿐.

'내가, 내가 어떻게 손에 넣은 힘인데!'

"크아아아!"

있는 힘 것 소리를 내질러 보지만, 변하는 것은 없다.

그저 자신은 열심히 공격하고, 놈은 막아낸다.

부들부들!

공격을 쏟아내었지만 점차 한계가 다가오고 있는 것인지 근육이 떨리기 시작했다.

내공은 아직 여유롭지만 슬슬 육체적으로 한계가 다가오기 시작한 것이다.

자신과 달리 아직도 쌩쌩해 보이는 놈.

'인정 할 수 없어! 네놈만큼은!'

"인정 할 수 없단 말이다!"

쩌저적!

콰앙-!

일순 뿜어져 나온 그의 내공이 검을 타고 흐르고.

휘의 검을 강하게 후려친다.

꿍음과 함께 두 사람의 신형이 동시에 튕겨날 정도로 강렬한 공격이었으나, 너무나 단순한 움직임이었기에 승기를 잡기엔 부족했다.

아니, 거리를 줘버렸으니 손해였다.

"빌어먹을…!"

그것을 알기에 장양운은 이를 악물었다.

머리끝까지 솟구치는 분노.

"아아아악!"

"아아아악!"

악을 쓰며 스스로의 분을 이기지 못하는 장양운을 보며 휘는 차가운 눈으로 호흡을 정돈했다.

놈의 공격을 받아 넘기느라 알게 모르게 몸에 쌓인 피로가 제법 되었다. 호흡도 망가졌고.

만약 이대로 일각만 더 놈의 공격이 유지되었다면, 어떻게 해서든 놈을 막기 위해 휘가 먼저 움직였을 터였다.

"후우, 후…."

"빌어먹을! 젠장! 젠자아아앙!"

퍽퍽!

분을 이기지 못한 장양운이 연신 땅을 발로 짓밟고.

놈의 얼굴이 붉게 달아오른다.

'놈이 흥분하면 흥분 할수록 내게는 좋아. 이젠 이 질기고

질긴 인연을 정리해야 할 때.'

휘의 두 눈에 살기가 스쳐지나가던 그때.

푸확!

"크아아아아!"

드드드!

장양운의 괴성과 함께 이제까지와 비교도 할 수 없는 기운이 사방에 흐르기 시작하고.

그 강렬한 힘에 대지마저 진동한다.

검붉은 기운이 장양운의 몸을 따라 마치 불꽃이라도 되는 듯 휘어 감고, 붉어진 얼굴과 두 눈은 악귀나찰이라도 되는 듯 휘를 바라보고 있었다.

그 모습에 휘는 직감적으로 깨달았다.

"주화입마…!"

"크아아!"

동시 놈이 달려들었다.

투확!

어마어마한 힘을 실은 검이 단순하게 휘둘러져 오지만, 그것을 막을 생각도 하지 못하고 휘는 빠르게 뒤로 물러선다.

쩌저적!

검에 실린 기운이 발출되며 대지를 가르고.

거기서 멈추지 않고 장양운의 신형이 휘를 쫓아 움직인다.

패도적인 그 모습에 휘는 이를 악물었다.

'이대로 피하기만 할 순 없어. 생각하지 못한 일이지만… 어차피 해결했었어야 할 일!'

으득!

우우우웅!

이를 악무는 순간 휘와 감응하여 강하게 진동하는 혈룡검.

혈룡검의 위로 선명한 붉은색의 검강이 모습을 드러내고, 휘가 놈을 향해 달려들었다.

콰콰-!

콰르르릉!

천지를 뒤흔드는 굉음과 함께 사방으로 뻗어가는 강기의 파편에 두 세력은 더욱 뒤로 물러선다.

인간의 힘이라 부르기 어려울 것 같은 그 모습에 멍하니 둘의 싸움을 지켜보는 사람들.

"…이건 좀 심하잖아."

특히 사황은 고개를 절래절래 흔들고 있었다.

바로 얼마 전까지만 하더라도 큰 차이를 못 느끼고 있었다. 아니, 미묘하지만 자신이 뒤지고 있다는 것은 알고 있었는데….

이렇게까지 차이가 날 것이라곤 생각지도 못했다.

'대체 어디서 이런 차이가 나는 거지?'

자신도 나이에 비해 강한 실력을 갖췄다고 생각하고 있었다. 아니, 그것이 사실이었고 무림의 기준으로 본다면 천재의 축에 들었다.

그런데 녀석은 천재라는 이름으로도 포용을 할 수 없는 존재였다.

'나도… 저만큼 강해 질 수 있을까?'

꾸욱.

자신도 모르게 꽉 쥐게 되는 주먹.

그러면 안 된다는 것을 알면서도 치밀어 오르는 질투심을 주체 할 수 없었다.

으득!

으드득!

그때 그의 귓가에 들려오는 낯선 소음에 시선을 돌리자.

이를 악문 채 붉어진 얼굴과 눈으로 저 치열한 싸움을 바라보고 있는 용호단 무인들이 있었다.

"아…!"

저들 역시 젊은 나이에 수많은 칭찬을 받아가며 강한 실력을 갖춘 고수들.

자신이 휘에게 질투심을 느꼈듯 저들 역시 질투심을 느끼고 있었다.

아니, 더 강하게 분노하고 있었다.

당장 저들과 사황의 실력차이만 하더라도 쉬이 잡을 수 없는 격차가 존재하는데, 저 멀리서 벌어지는 싸움은 뜬구름 위의 이야기처럼 느껴졌다.

보통이라면 허탈하게 포기할 것이다.

하지만 이들은 틀렸다.

이를 악물고 스스로에게 분노하고 있었다.

왜 자신은 저런 실력을 가지지 못했나, 자신은 그동안 대체 무엇을 했던 것인가.

'하긴 나와의 실력 차가 역력하면서도 누구나 포기하지 않고 달려들었지.'

꾸욱, 꾸욱.

힘이 들어갔던 주먹을 쥐었다, 폈다한다.

"그래… 아직 시간은 충분히 있어. 마지막 순간에라도 잡을 수 있으면. 그래, 그 순간 뛰어넘을 수 있으면 돼."

작지만 그렇게 말을 하고 나자, 신기할 정도로 마음이 편해진다.

이상할 정도였지만 사황은 지금 이 순간이 정말 마음에 들었다.

끊임없이 뛰는 심장과 온 몸이 뜨거워지는 순간이 눈앞에서 펼쳐지고 있지 않은가.

언젠가 저런 실력을 보일 수 있는 실력자가 되면 그만이었다.

아직 자신은 젊고, 저 경지에 도달 할 수 있는 기회와 시간은 충분히 넘쳤다.

그렇게 용호단 무인들이 끓어오르는 사이 장양휘와 장양운의 싸움은 더욱 치열해지고 있었다.

쩌엉-!

둘의 검이 부딪치고 힘겨루기에 들어간다.

"크아아아!"

괴성을 내지르며 힘으로 밀고 들어오려는 장양운.

굳건히 두 다리를 땅에 박아 넣은 채 꿈쩍도 하지 않는 장양휘.

둘의 싸움을 보고 있으면 마치 불과 얼음 같다는 생각을 들게 만든다.

붉고, 검붉은 기운이 사방에 뻗어나가는 것과 별개로.

여전히 공격일변도의 모습을 보이는 장양운과 철벽을 두른 듯 조금도 뚫리지 않는 장양휘.

시간이 지날수록 여유를 가지기 시작한 것은 휘였다.

쩌정! 쩡-!

투확!

서로의 검이 부딪쳤다, 떨어지고.

빈틈을 노리고 주먹과 발이 날아든다.

그 모든 것을 피하거나, 막아낸 휘의 시선이 놈의 얼굴에서 떨어지지 않는다.

　'이제… 알겠어.'

　조금씩 놈의 공격이 눈에 들어오기 시작하면서 여유를
가지고 놈을 보았다.

　계속해서 마음에 걸리던 놈의 기운.

　익숙한 듯 익숙하지 않던 그 기운의 정체가 조금씩, 조금
씩 감이 잡히기 시작했고.

　마침내 알 것 같았다.

　놈이 가지고 있는 기운의 정체를 말이다.

100 章

어디서 본 것 같으면서도 본 기억은 없다.

하지만 희미하게 동질감이 느껴지는 기운.

말도 안 되는 이야기지만 이것은 사실이었고, 신경 쓰지 않으려고 해도 조금씩 신경이 쓰일 수밖에 없었다.

그리고 한참 뒤에서야 휘는 눈치 챌 수 있었다.

그렇게 장양운의 기운이 신경 쓰였던 이유를 말이다.

쩌엉!

치지직!

강렬한 충돌과 함께 끝도 없이 밀려나는 장양운.

급작스럽게 기운을 끌어올려 장양운을 크게 밀어냈던 터

라 휘도 온 몸에서 찌릿찌릿한 고통이 밀려들지만 장양운 만큼은 아닐 터였다.

문제가 있다면….

"크아아아!"

주화입마로 인해 폭주하고 있어 그런 고통을 느끼지도 못하고, 지금처럼 끝도 없이 달려든다는 것이지만.

파바박!

넘치는 힘으로 땅을 박차며 빠른 속도로 달려드는 장양운.

붉은 두 눈에는 더 이상 어떠한 의지도 느껴지지 않는다. 보이는 것이라곤 불쾌할 정도로 강렬한 살기와 집요함뿐.

떠덩!

텅-!

이제까지와 전혀 다른 움직임으로 단숨에 장양운의 몸을 두들긴 휘가 몸을 다시 한 번 뒤로 뺀다.

짧은 순간 몇 번이고 얻어맞은 것에 비해 충격은 크지 않았던 모양인지, 금세 일어나 다시 살기를 내뿜는 놈.

"역시…."

그 기운을 느끼며 휘는 자신이 생각했던 것이 틀리지 않았음을 확신 할 수 있었다.

'어떻게 된 것인지는 몰라도, 어디서 봤다 싶었더니 전생에서 일월신교주의 기운과 비슷해. 그러고 보니 교주의 기운도 바뀌었었지?

뒤늦게야 일월신교주의 기운이 자신이 기억하고 있던 특색과 크게 달라졌음을 깨달았다.

워낙 강한 상대였던지라 거기까지 생각을 하지 못한 것이다.

실제로 교주가 제 힘을 발휘하는 것을 본 것이 전생에서 거의 없었기 때문이기도 하지만 말이다.

'사람의 기운이 이렇게 쉽게 변할 리 없는데?'

문제는 그것이었다.

같은 무공을 익힌다 하더라도 인간의 기운이나 기질에 따라 발휘하는 기운의 특색이 달라진다.

물론 그 범위가 크게 벗어나는 것은 아니지만, 무공을 익히는 순간부터 나오는 것이기 때문에 아예 처음부터 새로 시작하지 않는 이상은 바꾸고 싶다고 해서 바꿀 수 있는 것이 아니었다.

그런데 눈앞의 장양운은 바뀌어있었다.

그리고 일월신교주 역시.

"좋지 않은데… 흡!"

쩌엉!

홀로 중얼거리던 휘의 기합과 함께 둘의 검이 연신 부딪치고, 복잡하게 얽혔던 몸이 떨어져 나간다.

공격 본능만 남은 것 같더니, 마치 학습이라도 하는 듯 육신을 조절하며 달려드는 장양운.

오히려 제 정신인 것보다 더 나은 공격을 펼치는 것 같다는 착각도 잠시.

"크아아아!"

괴성과 함께 달려드는 그 모습은 결코 유쾌하지 않았다.

결국 저 얼굴이 자신의 얼굴이지 않은가.

무엇이 되었든 놈과 쌍둥이라는 사실은 변하지 않는 것이었다.

'내가 모르는 뭔가가 있어. 그동안 내가 개입을 함으로서 많은 것이 달라졌다고 생각했는데… 어쩌면 그것이 전부가 아닐지도 모르지.'

살짝 생각은 한 적은 있지만 실제로 그럴 것이라 생각은 하지 않았는데, 이젠 의심을 해봐야 할 것 같았다.

결코 있을 수 없는 일이 벌어졌다는 것.

자신이 개입하지 않았음에도 이렇게 되었다는 것은 또 다른 무언가가 있지 않고선 결코 있을 수 없는 일이었으니까.

하지만 지금 중요한 것은 눈앞의 적을 해치우는 것이다.

주화입마에 걸려 제 정신을 차리지도 못한 채 날뛰게 하는 것보단, 자신의 손으로 죽이는 것이 놈에겐 더 나은 길이 될 테니까.

'마음 같아선….'

으득!

자신의 욕심을 위해 가족 모두를 비참하게 만든 놈.

그런 놈이니 더 강한 복수를 하고 싶었지만, 휘는 참았다. 그렇게 해버리는 순간 자신 역시 똑같은 놈이 되어버리니까.

그것만큼은 사양하고 싶었다.

'이거 곤란한데….'

폭주하는 장양운을 숨어서 지켜보고 있던 휘경의 얼굴이 무참하게 구겨진다.

자신의 미래를 걸었던 장양운이 저런 모습을 보일 것이라곤 꿈에서도 생각해 본 적이 없었다.

그리고 그 원인이 자신이 가르쳐 준 무공 때문이라는 것은 더 믿을 수 없는 일이었다.

하지만 버젓이 눈앞에서 벌어지고 있는 일이니 안 믿을 수도 없다.

'일이 왜 이렇게 되어버렸지?'

속으로 혀를 차는 휘경.

'더 이상 쓰기 어렵겠군.'

장양운은 더 이상 본래의 모습을 찾기 어려울 것 같았다. 끊임없이 흘러나오는 기운이나, 정신을 잃은 모습까지.

설령 큰 상처 없이 정신을 차리더라도 후유증이 없을 리 없었다.

결국 자신의 모든 계획이 수포로 돌아가 버린 것이다.

'제길!'

분노로 인해 기운이 흔들릴 뻔했지만 휘경은 가까스로
위기를 참아 넘겼다.

오랜 준비를 해왔던 계획이 망가진 것은 사실이지만 이
미 벌어진 일이었다. 이제와 자신이 어떻게 할 수 있는 것
이 아닌 것이다.

'하지만…! 내 계획을 망친 네놈은…!'

그의 눈이 살기로 번뜩인다.

움찔.

아주 찰나의 순간이었지만 휘는 확실하게 느꼈다.

멀지 않은 곳에서 기의 파동이 일어나는 것을 말이다.

미리 신경을 쓰지 않고 있었다면 전혀 모르고 넘어갔을
수도 있을 정도로 찰나의 순간이었다.

'나를 노리는 건가. 어쩌면… 장양운이 이렇게 된 것과
관련되어 있을 지도 모르지. 아니, 분명하겠지.'

즈컥-!

콰콰쾅!

몸을 돌려 피해낸 검강이 뒤로 날아가 굉음과 함께 폭발
한다.

마구잡이로 내공을 쏟아내는 장양운.

누가 보더라도 놈의 모습은 정상적이지 않았다.

워낙 강력한 공격을 연신 펼치고 있는 탓에, 아직 동요가 없었을 뿐이지 이젠 그 실체가 드러나기 시작하면서 일월 신교 진영이 조금씩 혼란스러워지고 있었다.

당연한 일이었다.

두 사람의 싸움이 치열해 질수록 점차 이 대규모 전투의 핵심으로 다가서고 있었는데, 믿어야 할 장양운이 제 정신이 아니라니.

술렁이는 그들을 뒤로 하고 휘는 혈룡검이 점차 많은 내공을 밀어 넣기 시작했다.

오랜 시간 준비를 하고 기다려왔던 순간이 코앞으로 다가왔다.

이렇게 허망하게 다가올 것이라곤 예상치 못했지만.

'벌써 두 번째다.'

이제와 하는 말이지만 놈을 죽이는 것은 이번이 두 번째 였다.

전생에서 한 번.

이번 생에서 한 번.

전생에선 치열한 싸움 끝에 어떻게든 놈을 죽이고서 세상에 끝을 고해야 했었다.

하지만 이번엔 다를 것이다.

놈을 죽이고, 자신은 살아남는다.

그리고 일월신교를 박살내버릴 것이다.

전생에서 못했던 진정한 복수를 이젠 시작해야 할 때였다.

우우웅!

한계에 달한 듯 혈룡검이 울음을 터트리는 순간.

"흡!"

짧은 기합과 함께 휘의 신형이 모습을 감춘다.

그리고.

지잉, 징!

파파팟!

붉은 혈선이 허공에 그어지기 시작했다.

장양운의 온 몸을 뒤덮는.

마치 붉은 그물이 그를 덮치는 것 같은.

"크아아아!"

갑작스런 광경이지만 위험하다는 것을 눈치 챈 것인지 놈이 괴성을 내지르며 어떻게든 벗어나기 위해 사방에 검을 휘두르지만 어느 한 곳 부서져 나가지 않는다.

절대 놓치지 않기 위해 혼신의 힘을 다한 혈망(血網)을 휘는 그려낸 것이다.

고오오오-!

마지막이라 생각되는 그 순간.

쩌어엉!

꿍음과 함께 혈망이 터져 나간다.

내부가 아닌 외부의 힘에 의해!

"커헉! 컥!"

혈망은 터졌지만 그 힘의 여파는 고스란히 뒤집어 쓴 것
인지 장양운이 튕겨져 나가며 고통스런 기침을 쏟아낸다.

그러다 축 처지며 늘어지는데, 가슴이 살짝 움직이는 것
이 죽지는 않은 듯 보였다.

"이제야 나오는 건가…"

차가운 눈을 한 휘가 몸을 돌려세우자 그곳엔 휘경이 서
있었다.

장양운이 더 이상 쓸모가 없어졌음에 포기하려고 했던
그였지만, 갑작스레 날아든 전음에 어쩔 수 없이 나서야 했
다.

본래라면 장양운이 죽은 뒤, 빈틈을 노려 놈의 심장을 취
하려고 했었다.

"날 눈치 채고 있었나?"

"그럼 모를 줄 알았나? 자신감이 넘치는 군."

"하!"

휘의 말에 기가 막히는 듯 웃는 휘경.

설마하니 자신을 잡아내는 사람이 있을 것이라곤 생각해
보지도 못했었다.

"기가 막히는 군. 내 은신을 눈치 채는 사람이 있을 줄은 몰랐는데….."

"그걸 은신이라고. 내 수하들이 웃다가 죽겠군."

휘의 비웃음에 입을 다무는 휘경.

놈이 어떻게 자신을 찾아낸 것인지는 중요하지 않았다. 중요한 것은 놈에게 들켰다는 것이고, 저 거만한 놈의 입을 박살내는 것이니까.

고오오-.

서서히 기운을 끌어올리는 휘경.

그의 몸 주변으로 검은 기운이 휘몰아친다.

보는 것만으로 기분이 나빠지는 것 같은 놈의 검은 기운이 서서히 사방에 퍼져나가며 휘의 붉은 기운과 힘 겨루기를 시작한다.

파직, 파지직!

장양운 때와는 비교도 할 수 없는 강렬한 힘겨룸에.

쿠오오오!

혈룡들이 참지 못하고 괴성을 내지르기 시작했고, 휘는 놈들을 풀어 놓았다.

단숨에 그 모습을 드러내며 사방을 휘어잡으려는 붉은 기운.

그에 휘경 역시 뒤지지 않고 자신의 모든 것을 풀어 놓는다.

치익.

발을 끌며 허리를 낮추고, 어느새 꺼내 든 두 자루의 소검이 그의 양손에 들린다.

소검에 불과하지만 그 날카로움은 결코 무시 할 수 없는 수준!

타앗!

말도 없이 휘경이 몸을 날린다.

주의 깊게 보고 있지 않았다면 휘조차 눈으로 쫓지 못할 뻔했다.

빠르게 가슴을 향해 소검을 뻗어오는 휘경을 향해 혈룡검을 휘둘러 물러서게 만들고선 휘 역시 본격적으로 움직이기 시작했다.

쩌정! 쩡!

두 사람의 검이 부딪치며 묵직한 소리를 울려대고, 둘의 신형이 눈에 보이지 않을 정도로 빠르게 움직이기 시작한다.

놈의 압도적인 빠름과 공격력은 어마어마한 것이었다.

솔직히 말해 혈마공 3단계를 완성하지 못했다면, 아니 4단계로 가는 실마리를 얻지 못했다면 어쩌면 밀리고 있는 것은 자신이었을 수도 있었다.

그만큼 놈은 강적이었다.

'얼굴은 같지만 확실히 다른 놈이야.'

처음 놈이 모습을 드러냈을 때 겉으로 표하진 않았지만 휘는 상당히 놀랐었다.

아니, 이성을 잃을 뻔했었다.

어찌 잊을 수 있겠는가.

사마령을 죽인 놈과 똑같이 생긴 얼굴인데 말이다.

다만 얼굴은 같으나 놈에게서 느껴지는 기운이 전혀 다른 사람의 것이라 겨우겨우 이성을 붙들 수 있었다.

그리고 이제 확실히 알 수 있었다.

놈은 자신과 같은 쌍둥이라는 것을 말이다.

쩌정! 쩌억-!

둘의 검이 부딪치고 튕겨난 강기의 파편이 온 땅을 헤집는다.

더 이상 본래의 모습을 찾을 수 없는 대지.

"하압!"

기합과 함께 휘는 더욱 빠르게 혈룡검을 휘두른다.

붉은 강기가 쌓여진 혈룡검이 붉은 선을 수놓으며 빠른 속도로 휘경을 덮쳐가지만, 어느새 거리를 벌린 놈은 휘의 공격을 쉽게 피해내고선 다시 특유의 움직임으로 단숨에 빈틈을 노리고 파고들었다.

기이 할 정도로 밖에서 공격하는 놈.

그러면서도 손에 든 두 자루의 소검.

그저 기이하다고 밖에 할 수 없는 무공이지만 그 괴랄함
과 집요함은 휘도 혀를 두를 정도였다.

떨어졌다 싶으면 어느 순간 다가와 빈틈을 노린다.

다가섰다 싶으면 놀리기라도 하듯 거리를 벌려 사라진
다.

도저히 거리를 가늠 할 수 없는 상황에서 놈의 공격을 막
으며, 반격까지 하는 휘도 보통은 아니었지만.

다른 사람들의 눈엔 둘의 싸움은 그저 검은 선과 붉은 선
으로 대변될 지도 모른다.

그만큼 초고속의 세계에서 싸움을 펼치고 있었다.

투확!

콰콰쾅-!

굉음과 함께 대지가 진동하며 거대한 폭발과 함께 사방
을 자욱하게 만드는 먼지가 피어오른다.

"괴물이로군."

말은 그렇게 했지만 어딘지 모르게 즐거워 보이는 교주.

누구의 눈에도 띄지 않는 곳에서 조용히 둘의 싸움을 일
월신교주는 지켜만 보고 있었다.

뒤늦게 움직이려던 휘경을 움직이게 한 것도 바로 그였
다.

장양운의 상태는 직접 보지 않아도 알 수 있을 정도였지

만, 아직은 쓸 곳이 남아 있었다.

그렇기에 휘경을 움직였다.

"이제야 좀 재미가 있겠어. 너무 쉽게만 풀려서 재미가 없었는데. 하하핫!"

크게 웃는 교주.

그때였다.

스스슥.

작은 기척과 함께 사내 하나가 그의 뒤로 모습을 드러낸다.

"가라. 가서 놈을 데리고 오너라."

명령에 고개를 숙인 그가 빠르게 두 사람이 싸움을 벌이고 있는 곳으로 달려간다.

무공 실력은 별로지만 은밀성과 빠르기로는 신교 안에서도 손에 꼽히는 자이니 어렵지 않게 쓰러진 장양운을 회수할 수 있을 것이다.

"자… 그럼 이 뒤는 어떻게 해볼까?"

진중해졌던 그의 얼굴에 어느새 다시 미소가 피어오른다.

❖

휘리릭!

검은 목련이 휘경의 몸 주변으로 수도 없이 피어오른다.

방금 피어오른 것 같은 화려함을 품은 목련들이 어느 순간 휘를 향해 엄청난 속도로 날아간다.

하나하나가 아름답지만 그 모든 것은 강기로 만들어진 것.

암기와 하등 다를 것이 없었다.

터터텅! 텅—!

혈룡검을 빠르게 휘둘러 목련꽃을 떨쳐낸다.

그럴 줄 알았다는 듯 혈룡검과 부딪친 목련꽃이 부서지며, 그 잎을 토해내자.

파바밧!

사방을 휘감는 아찔한 비수가 되어 날아든다.

"큭!"

예상치 못했던 일에 휘는 이를 악물며 호신강기를 끌어올림과 동시 혈룡검으로 검막을 펼쳐냈다.

콰콰쾅—!

콰앙!

굉음과 함께 온 몸이 두드려 맞은 듯 고통이 밀려들지만 지체 없이 뒤를 향해 몸을 날린다.

즈컥!

하늘에서 떨어져 내리며 날카롭게 검을 휘두르는 휘경.

그의 검이 아슬아슬하게 스쳐 지나가고.

회심의 일격이 실패했음에도 개의치 않고 재빠르게 검을 회수하여 뒤로 빠지는 그.

잡으려면 잡을 수 있겠지만 휘는 그러지 않았다.

오히려 좀 더 뒤로 움직여 거리를 충분히 벌린다.

"후우, 후우!"

거칠어진 호흡을 정리하는 휘와 휘경.

전력을 다해서 쉬지도 않고 부딪쳤던 지라, 숨이 거칠어지고 몸에 피로가 쌓이는 것은 당연한 일이었다.

호흡이 서서히 안정되기 시작하자 조금이지만 몸의 피로 역시 풀어지는 기분.

'쉽지 않아. 아직도 가야 할 길이 한참 남았군.'

꾸욱.

검을 쥔 손에 힘을 주며 휘는 아직도 자신이 많이 모자라다는 것을 새삼 느껴야 했다.

혈마공 3단계를 손에 넣었을 때만 하더라도 세상 모든 것을 할 수 있을 것 같았는데 말이다.

그래도 다행인 것은 4단계로 가는 길이 보이기 시작했다는 것이다.

그 시작은 검제와 교주와의 싸움이었지만, 지금 이 싸움을 통해 자신이 가야 할 길이 조금씩 보이고 있었다.

휘리리릭!

쩌엉!

잠시 다른 생각을 하는 사이를 놓치지 않고 어느새 달려와 검을 휘두르는 휘경.

재빨리 혈룡검을 들어 막아내고선 그가 빠지기 전에 휘는 왼 주먹에 강기를 실어 힘껏 내지른다.

투확-!

강렬한 소리와 함께 뒤로 피하는 휘경을 덮치는 권강!

먹힐 것 같은 그 순간.

쩌억!

어느새 휘경의 또 다른 검이 권강을 정확히 반으로 갈라 낸다.

양손의 소검을 그는 완벽하게 자신의 팔처럼 사용하고 있었다.

빈틈이 거의 없을 정도로.

아니, 보이는 빈틈조차 일부러 그러는 것이 아닌가 싶을 정도로 휘경의 방어는 튼튼했다.

콰쾅-!

쾅!

굉음과 함께 주변의 지형은 더 이상 과거의 흔적을 찾아보기 어렵게 만들었고.

두 사람이 쉬지 않고 내뿜는 기운은 주변에 누구도 얼씬거리지 못하게 만든다.

자칫 휘말렸다간 숨도 못 쉬고 죽을 판국이었다.

'내공 소모가 어마어마하네.'

이제까지 이렇게 많은 내공을 써본 적이 있나 싶을 정도로 엄청난 양의 내공을 몸으로 발산하고 있었다.

거의 무제한으로 쓸 수 있다고 봐도 되는 몸이기에 아직까진 아무런 부담을 느끼지 못하고 있지만, 시간이 계속 흐르면 결국 어떤 식으로든 문제가 될 것이 분명했다.

카카칵!

날카롭게 파고드는 검을 빠르게 막아내고선 놈의 품을 향해 뛰어들지만, 그것보다 더 빠른 속도로 도망치는 휘경.

철저하게 자신만의 공격 방식을 유지하며, 치고 빠지는 휘경.

단순한 공격임에도 불구하고 휘는 그를 잡을 수가 없었다.

미세하지만 자신보다 그가 더 빠른데다, 양손으로 휘두르는 소검의 위력이 강해도 너무 강했다.

강하고, 예리하고.

수족처럼 움직이는 통에 휘도 쉽게 그의 품으로 파고들지 못할 정도였다.

철저히 자신의 권역을 유지하는 휘경에 반해, 휘는 권역을 유지하지 못하고 있었다.

쿠오오오오!

혈룡들이 괴성을 내지르며 충분한 힘을 유지시켜 주고

있지만, 놈들의 움직임이 점차 거칠어지고 있었다.

'방법을 찾아야 하는데, 방법을.'

눈을 찌푸려 보지만 딱히 방법이 나오지 않았다.

그만큼 눈앞의 상대는 강적이었다.

거기다 상성이 그다지 좋지도 않고.

상성만 좋았다면 아무리 그의 실력이 뛰어나다 하더라도 벌써 싸움을 끝냈을 것이다.

그러지 못하고 있는 것은 그만큼 서로가 안 맞는단 뜻이었다.

휘가 답답해하고 있을 때, 휘경은 서늘한 간담을 힘겹게 붙들고 있었다.

'집중의 끈이 약해지는 순간, 죽는다!'

예리하게 날을 세운 집중의 끈을 놓치지 않기 위해 휘경은 자신의 모든 것을 쏟아 붙고 있었다.

조금이라도 자신의 움직임이 느려지거나, 반응이 늦어지면 단숨에 목이 날아갈 것이란 사실을 누구보다 잘 알고 있었다.

당연한 일이었다.

자신의 모든 것을 쏟아 부었음에도 불구하고 어쩌지 못하고 있는 괴물이 눈앞에 있지 않은가.

싸움을 시작하기 전까지만 하더라도 어렵긴 해도 이길 수 있다고 생각했는데, 시간이 흐를수록 자신의 생각이 틀렸음을 인정해야만 했다.

아니, 처음부터 잘못된 생각이었음을 깨달았다.

'괴물…! 놈은 괴물이다. 세상을 집어삼킬 괴물!'

으득!

이를 악무는 휘경.

어린 시절부터 함께 한 두 소검이지만 이제 서서히 그 한계에 도달하고 있었다.

그렇지 않아도 오랜 세월을 사용한데다, 놈에게 맞서기 위해 무리하게 운영을 한 탓이다.

당장 눈에 보이지 않지만 속에서부터 검이 상해가고 있다는 것이 훤하게 느껴진다.

그리고….

찌릿, 찌릿!

단전에서 보내는 신호는 자신 역시 속에서부터 곪아가고 있다고 알려준다.

처음부터 빨리 끝내기 위해 무리를 했던 것이 원인이다.

계획대로 빠르게 끝이 났었다면 괜찮았을 것인데, 그러질 못했고 결국 무리하게 내공을 운영해야만 했다.

그것이 탈이 난 것이다.

"후우…!"

'어차피 여기서 물러설 순 없다. 내게 내려진 명령은….'

자신이 들은 교주의 명령은 단 하나.

'놈을 죽여라!니까!'

스팟!

단전의 고통을 무시하고 다시 한 번 내공을 끌어올린 휘경이 몸을 날린다.

이전과 조금도 달라지지 않은 속도로!

길어지는 싸움을 지켜보며 신묘는 긴장을 풀지 못했다.

저 싸움의 승패가 곧 이곳의 승패가 될 것이란 사실을 너무나 잘 알기 때문이었다.

이미 서로의 싸움을 끝내고 갈라진 채 저들의 싸움이 끝나기만을 기다리는 상황.

"허허, 답답하군요. 이토록 수준 높은 싸움을 보면서 답답하다고 느끼다니. 이젠 완전히 죽었다고 생각한 호승심이 아직 남은 모양입니다."

어느새 신묘의 곁에 다가온 태극검.

허탈하게 웃는 그에게 시선을 잠시 주었다 돌리며 신묘가 입을 열었다.

"장문인 뿐만 아니라 이곳에 있는 수많은 사람들이 답답함을 느끼고 있을 겁니다. 솔직히 말해서 저도 마찬가지입니다. 대체 저 나이 때에 전 뭘 했나 싶기도 합니다."

"후우… 그러게 말입니다. 아무리 시대가 바뀐다곤 하지만 이처럼 많은 차이가 날 줄은…."

"평화의 시대였던 것이죠."

"단지 그것만으로 넘어가기는 어려운 말이기도 합니다."

태극검의 말에 신묘 역시 동의했다.

자신이 말을 하긴 했지만, 그것만으로 지금의 상황을 한 번에 설명할 순 없는 일이었다.

그렇다고 자신들이 최선을 다하지 않은 것은 아니다.

자신들이 할 수 있는 최선을 다해왔다.

그렇게 만들어진 것이 지금의 무림이지 않은가.

다만 일월신교의 등장을 비롯해 시대가 요구하는 실력의 수준이 월등히 높아졌을 뿐.

"무사히 놈들을 물리 칠 수 있다면… 다시 열정을 쏟아 무공수련에 매진해야 하겠습니다. 후회가 남지 않도록 말입니다."

그의 말에 뭐라 답을 하려는 순간.

귀를 찌르던 굉음이 멈추고, 사방으로 비산하던 강기의 파편이 사라진다.

모두의 시선이 먼지 가득한 싸움의 현장에 집중되고.

분위기가 급속도로 바뀌기 시작했다.

쩌적!

까앙!

날카로운 소리와 함께.

소검 한 자루가 부러져 나간다.

그 갑작스런 사태에 휘경은 이를 악물며 뒤로 몸을 뺐고, 휘는 기회를 놓치지 않았다.

츠츠츠.

단숨에 품으로 파고드는 휘.

휘익!

반대편의 소검이 날카롭게 날아들지만 휘는 손으로 재빨리 쳐내곤 날카롭게 빛나는 혈룡검을 휘둘렀다.

빠르고, 간결하게.

붉은 선을 그리며 단숨에 휘경의 목을 향해 날아간다.

갑작스럽긴 하지만 검이 부러질 것이란 사실을 어느 정도 예상하고 있던 휘경이었지만, 막상 상황이 닥치자 잠시.

아주 잠시 긴장의 끈이 풀려버렸다.

재빨리 정신을 차렸지만.

'늦었나….'

자신의 목을 향해 놈의 검이 날아들고 있었다.

너무나 느린 검이지만… 그것이 착각이라는 것은 휘경도 알고 있었다.

마지막인 것이다.

"하…! 젠장…."

스컥!

푸화확-!

깔끔하게 베어지는 그의 목… 그리고 피가 하늘 높이 치솟아 오른다.

그의 최후였다.

"후욱, 후욱!"

거칠게 숨을 몰아쉬며 천천히 물러서는 휘.

마지막 찰나의 순간을 놓치지 않기 위해 억지로 몸을 더 빠르게 움직였다.

강철 같은 그의 육신이 손상을 입을 정도로.

연신 몸 안에서 쏟아지는 고통은 이를 악물 정도이지만, 그보다 희열이 앞서고 있었다.

'봤어…! 가야 할 길을!'

마지막 그 순간.

휘는 확실하게 볼 수 있었다.

혈마공 4단계로 향하는 길을!

그리고 혈마공 3단계를 확실히 벗어났음을!

우와아아아-!

거대한 함성이 등 뒤에서 울려 퍼지자, 그제야 휘는 제정신을 차릴 수 있었다.

"놈은?!"

그제야 생각 난 듯 재빨리 주변을 훑어보지만.

어디에서도 찾을 수 없었다.

장양운의 시신을 말이다.

마지막 순간에 기절했었으니 놈과의 치열한 싸움 중에 날아간 강기의 파편에 어쩌면 죽었을 수도 있는 일.

하지만….

휘는 강하게 느끼고 있었다.

놈이 죽지 않았음을 말이다.

"어디로 간 것이냐… 장양운!"

으드득!

놈과의 악연을 끝낼 수 있는 최고의 기회였는데, 결국 놈을 죽이지 못했다.

이것이 과연 어떻게 돌아오게 될 것인지 알 수 없었다.

그렇기에 더욱 놈을 죽여 후환을 없애고 싶었는데…

"하지만. 하지만 넌 꼭 내 손에 죽는다. 장양운!"

휘의 두 눈에 강한 살기가 어린다.

털썩!

장양운을 내려놓는 것과 동시 바닥에 쓰러져 부들거리며 교주를 바라보는 수하.

그를 무사히 데려오기 위해 쏟아지는 강기의 파편을 자신의 몸으로 전부 맞은 것이다.

그 대가는 죽음이었지만.

"수고했다."

교주의 칭찬에 희미하게 웃는다 싶더니 곧 고개를 숙인

다.

죽음을 맞은 것이다.

"허허, 이걸로 마지막 조각을 손에 넣은 것인가."

수하의 죽음에도 미동하나 하지 않으며 교주는 쓰러진 장양운을 향해 손짓한다.

스르륵.

그러자 허공으로 둥실 떠오르는 장양운의 몸.

"새롭게 태어나게 될 것이다. 아주, 새롭게."

웃으며 교주의 신형이 그와 함께 사라진다.

오랜 시간 자신의 호위였던 휘경의 죽음도. 눈앞에서 죽은 수하도.

그에게 있어선 그저 당연한 일일 뿐이었다.

그가 자리를 떠나고 얼마 되지 않아, 일월신교 본진이 서서히 뒤로 발을 빼기 시작했다.

예봉이 처참히 꺾인 상황에서 무리하게 공격을 할 필요는 없는 일이니까.

와아아아-!

거대한 함성이 다시 한 번 무당을 뒤덮는다.

붉은 노을과 함께.

이번 충돌로 인해 수많은 이들이 죽었지만, 결과적으로 무당을 지켜내었다.

그리고 절대고수의 등장을 두 눈으로 확실하게 지켜보았

다.

이것은 앞으로 중원 무림에 큰 힘이 될 것이었다.

중원 무림의 상징이라 할 수 있는 무당을 지켜냄으로서 말이다.

아직도 가야 할 길이 많은 것은 사실이지만, 이 싸움으로 인해 중원 무림이 얻은 것은 결코 적지 않았다.

여러 가지로.

101 章

　무당은 무사히 지켜내었지만 이것으로 일월신교를 완전히 막아낸 것은 아니라는 사실을 모르는 사람은 없었다.

　그럼에도 불구하고 무당산에 모여든 무림인들의 얼굴은 환하기 그지없다.

　당연한 일이었다.

　본격적으로 일월신교가 움직이기 시작한 이래, 제대로 막아내질 못하고 있었는데 마침내 막아낸 것이니까.

　겨우 한 번에 불과하지만 이것은 수많은 이들에게 할 수 있다 라는 확신을 심어주기에 충분했다.

　"문제는 지금부터겠지요."

삼뇌의 말에 회의실에 앉은 사람들이 고개를 끄덕이며 동의한다.

사황련의 사황과 삼뇌.

정도맹의 검제와 신묘.

그리고 장양휘.

겨우 다섯 사람에 불과하지만 이들이야 말로 현 무림을 움직이는 실세라 할 수 있었다.

"그래도 모두의 힘을 하나로 모을 수 있었다는 것은 좋은 일입니다. 특히 사황께서 쉽지 않은 일이셨을 텐데, 용호단을 맡아 주심으로서 일이 잘 풀렸습니다. 다시 한 번 감사드립니다."

"아닙니다. 저는 제가 할 수 있는 일을 했을 뿐입니다."

신묘의 감사에 사황은 고개를 저었다.

그 말처럼 사황은 자신이 할 수 있는 일을 했을 뿐이었다. 그리고 선택 할 수 있는 최고의 방법이기도 했고.

사황은 당연하다고 생각했지만 주변의 인물들은 그것이 아니었다.

사황련주라는 높은 위치를 뒤로하고 용호단주란 작은 자리로 옮긴 것이나 마찬가지다.

수많은 이들의 반대를 뚫고 오직 무림의 미래를 위해 움직인 것이니 어찌 감사하지 않을 수 있겠는가.

"앞으로 일이 어떻게 될지는 모르겠으나, 언젠가 이 빚은 반드시 갚도록 함세."

검제마저도 그에게 감사 인사를 올린다.

아직 내상이 완전히 치유된 것은 아닌지 창백한 얼굴의 그이지만, 처음 휘가 데려왔을 때를 생각한다면 아주 많이 좋아진 것이었다.

자유롭게 몸을 움직이게 될 수 있을 정도로.

바로 얼마 전까지만 해도 스스로 일어설 수도 없을 정도로 몸의 기력이 돌아오지 않았었다.

"그보다 중요한 것은 놈들의 움직임이 심상치 않다는 것이겠지."

검제의 시선이 책상 위의 지도로 향하자 자연스럽게 모두의 시선이 그곳으로 향한다.

중원 지도가 축소되어 최대한 간편하게 각 세력이 표시되어 있는 지도.

지도의 정확성을 높이기 위해 정도맹과 사황련에 속한 정보단체들이 지금 이 순간에도 쉬지 않고 움직이고 있었다.

특히 개방의 경우엔 많은 희생을 치르면서 정보를 수집하고 있었는데, 전체적인 무력에서 밀리는 지금 정보에서까지 밀려선 결코 승산이 없다는 신묘의 간곡한 부탁이 있기 때문이었다.

그렇게 모아져 만들어진 정보의 총합체가 지금 다섯 사람의 눈앞에 있는 것이다.

"일단 놈들은 무당산에서 제법 떨어진 곳까지 물러섰었습니다. 이후 이틀의 휴식을 취하고 반으로 나뉘어 남북으로 움직이기 시작했는데, 아무래도 무당에 대한 집착은 버리고 실리를 택하지 않았나 싶습니다."

"우리로선 악몽 같은 일이고…."

신묘의 말을 검제가 받는다.

그 말처럼 놈들이 무당에 대한 집착을 버리고 남북으로 갈라져 움직이기 시작하면서 중원 무림으로선 놈들을 상대하기 더욱 어려워졌다.

이유는 간단했다.

특별한 근거지 없이 이동하며 자신들의 영역을 확장하는 놈들에 비해 중원 무림은 지켜야 하는 것이 너무 많았다.

포기해야 할 것과, 포기하지 말아야 할 것.

어느 쪽을 선택하더라도 이야기가 나올 수밖에 없는 것이다.

"여기에 놈들이 작정하고 밑에서부터 치고 온다면 저희로선 딱히 막을 방법이 없는 것도 사실입니다. 놈들도 바보가 아닌 이상 한곳에 집중하진 않을 것이니, 우리 역시 인원을 나누어야 하는데… 그러기엔 역시 고수의 숫자가 너무 떨어집니다."

"그렇다고 어느 한쪽에 집중시킬 수도 없는 문제죠."

"진퇴양난의 상황이죠."

삼뇌와 신묘가 주거니 받거니 하며 연신 이야기를 하지만 명확한 답은 나오지 않았다.

애초에 나올 수 없는 이야기기도 했다.

당장은 손을 잡고 함께 달려가는 입장이지만 결국 따지고 보면 서로 다른 세력이지 않은가.

그 미묘함은 아무리 없애려 들어도 쉬이 없어지는 것이 아니었다.

설령 이곳에 있는 사람들의 마음속엔 아무런 욕심이 없더라도, 그것을 이행하는 자들은 또 다르게 받아들일 수도 있는 문제니까.

"어려운 이야기는 거기까지 하죠."

결국 나선 것은 듣고만 있던 휘였다.

휘가 입을 열길 기다렸다는 듯 말문을 닫으며 휘에게 시선을 주는 네 사람.

"지금 중요한 것은 어느 쪽을 먼저 막느냐 입니다. 어느쪽이든 힘겨운 싸움이 될 것은 뻔합니다. 아니, 이전보다 더 최악의 상황이라고 봐야 하겠죠. 검제께서도 움직일 수 없고, 나도… 움직이긴 어렵습니다. 이런 상황에서 제 아무리 사황이라 하더라도 어렵죠. 혼자선."

"뭐, 그렇긴 한데 직접 그런 이야기를 들으니까 속에서 부글부글 끓어오르는데?"

"억울하면 실력 더 키우든지."

"…무림에서 내게 그런 소리를 할 수 있는 사람은 너밖에 없을 거다."

고개를 내젓는 사황.

어느새 두 사람은 상당히 편하게 이야기를 주고받고 있었는데, 이곳에 머물며 제법 이야기를 진지하게 주고받은 결과물이나 마찬가지였다.

어쨌거나 사황의 실력이 대단한 것은 사실이지만 저쪽에는 또 어떤 괴물이 있을 런지 아무도 모르는 상황.

사황 혼자만으로는 아무래도 부족한 감이 있었다.

은거했던 기인들이 수도 없이 몰려들고 있었지만, 무림에서 한 손에 꼽을 만한 고수를 찾는 일이 어디 쉽겠는가.

그나마 휘의 활약으로 더 이상 뒤로 밀리지 않고 정비할 시간을 벌었다는 것만으로도 기뻐해야 하는 상황이었다.

"그런데 넌 왜 못 움직이는 거냐? 어디 안 좋은 거냐?"

사황의 물음에 휘는 고개를 저었다.

"당장 아프거나 한 곳은 없지만… 약간의 시간이 필요해서 말이야. 지난 싸움을 통해 얻은 것이 있는데, 이걸 소화해낼 시간이 필요해. 이걸 완전히 내 것으로 만들 수 있다면… 앞으로의 싸움에서 더욱 유리한 위치를 점 할 수 있게 되겠지."

"더 강해진다고? 지금보다?"

"할 수 있다면."

"하…!"

허탈하게 웃는 사황.

지금도 괴물 같이 강한데 장양휘는 아직도 더 강해지려고 노력하고 있었다.

그런 휘의 모습은 이후 사황에게 많은 영향을 끼쳤지만, 지금은 그저 놀라고 있을 따름이다.

"어쨌든 지금 중요한 것은 무림맹(武林盟)의 결성이지."

"무림맹이라…."

"으음…!"

"흠!"

휘의 말이 끝나기 얼굴이 어두워지는 네 사람.

그럴 만도 한 것이 무림맹에 대한 이야기를 하기 시작한 지 벌써 제법 지났건만 아직도 제대로 된 진행이 되지 않고 있었던 탓이다.

정도맹과 사황련을 아우르는.

중원 무림 전체가 하나가 되는 초월적 집단 무림맹.

이에 대해 정도맹도 사황련도 내부적인 소란이 끝이 없을 정도였다.

당장은 그래도 일월신교 때문에 크게 드러나지 않은 상태이지만, 시간이 지날수록 문제는 커질 것이다.

"이런 시기이니 만큼 오히려 더 잘 먹힐 겁니다. 일월신교의 힘을 확실히 알지 못했을 때는 다들 반대했지만, 이젠 그 실체를 아는 만큼 반대하는 사람은 이전처럼 많지 않을 겁니다."

휘의 말에 신묘는 그렇지도 않다는 듯 고개를 저으며, 손으로 이마를 짚는다.

"나도 그랬으면 좋겠는데, 꼭 그렇지도 않다네. 상황이 이런데도 불구하고 아직도 자신의 욕심을 챙기려 드는 자들이 어디 한 둘이어야 말이지."

"우리도 마찬가지네. 더 큰 문제는 아직도 서로를 믿지 못한다는 것이지. 당장은 련주님의 명령에 의해 따르고 있기는 하지만 그게 아니었다면 당장 자리를 벗어났을 것이란 자들이 대부분이거든."

"진정한 의미에서 하나가 되지 못하면 무림맹의 결성 의미는 필요가 없다고 보네."

"나 역시."

신묘와 삼뇌의 생각이 일치한다.

확실히 진짜 하나가 될 생각이 아니라면 무림맹의 결성은 그저 보기 좋은 떡에 불과하게 될 지도 모르는 일이었다.

정신이 없는 상황에서 오히려 일을 늘리는 것에 불과하게 될 지도 모르고.

그럼에도 불구하고 휘는 다시 한 번 입을 열었다.

무림맹이 가져오는 효과에 대해 세상 누구보다 잘 알고

있는 것이 그이지 않은가.

어떻게 해서든 무림맹을 결성시킬 필요가 있었다.

"어려운 일이라는 것은 잘 압니다. 그래도 무림맹을 결성해야 할 필요가 있다는 것은 다들 잘 알지 않습니까?"

"…물론이네. 획일화된 명령 체제를 가진다는 것만으로도 그 효율성은 말로 다 할 수 없을 정도지."

"중복되는 무력 단체를 하나로 엮음으로서 나올 수 있는 힘의 배가 역시 빼놓을 수 없고."

"다만… 그러기 위해선 진심으로 서로를 이해해야 할 필요가 있는데, 지금으로선 어려운 일이지."

"동의합니다. 정파도, 사파도 너무 오랜 시간 독자의 길을 걸어온 만큼 서로 마음을 터놓고 손을 잡기란 사실상…"

고개를 흔드는 삼뇌.

그에 동조하는 신묘를 보며 휘는 한숨과 함께 다시 입을 열었다.

"무림맹을 결성함으로서 얻을 수 있는 수많은 것들이 있지만 동시에 부작용 역시 만만치 않겠죠. 그럼에도 불구하고 무림맹을 결성해야 하는 가장 결정적인 이유는…"

잠시 말을 끊는 휘.

네 사람의 시선이 자신에게 집중되는 것을 보고선 천천히 말을 잇는다.

"중원 무림의 힘을. 잠재력을 놈들에게 보여 줄 수 있다는 것과 놈들을 한 곳으로 모을 수 있다는 겁니다."

"잠재력은 둘 치고, 놈들을 한 곳으로 모은다는 것은 나쁘지 않군."

검제가 휘의 말을 동의하고 나선다.

지금 가장 문제가 되는 것은 일월신교 놈들이 중원 곳곳으로 흩어지는 것이었다.

그렇지 않아도 개개인의 실력 차가 확실하게 나는 상황이다 보니 결코 달갑지 않은 일인데. 만약 휘의 말처럼 놈들을 다시 한 곳으로 모을 수 있다면….

중원 무림으로선 그나마 숨통을 틀 수 있을 터였다.

"단순히 그걸 위해서 모든 것을 감수하려고 할 까요?"

쓰게 웃는 신묘.

무림의 존폐가 걸린 지금의 상황에서도 아직도 기득권을 손에 쥐려 바둥거리는 자들을 떠올리면 절로 이가 갈린다.

문제는 그런 자들의 위치가 하나 같이 무시 할 수 없을 정도라는 것.

제 아무리 정도맹 군사인 그라지만 모두의 의견을 무시하고서 자신의 마음대로 움직일 순 없는 일이었다.

강대한 적을 앞둔 상황에서 내부분열로 자멸하고 싶지 않다면 더더욱 건드려서도 안 되는 일이었고.

그것은 삼뇌 역시 마찬가지인지라 묘한 표정을 지으며 휘를 바라본다.

"이젠 적극적으로 움직이지 않으면 안 되는 시기가 되었습니다. 일월신교의 공세를 시간이 지날수록 강해질 것은 뻔하고, 이쪽의 전력은 계속해서 깎여 나갈 겁니다."

"으음…!"

"모두를 포용 할 수 없다면…!"

잠시 말을 끊은 휘가 모두를 보며 차가운 눈으로 말했다.

"함께 할 수 있는 자들만 모으는 것도 하나의 방법이 될 겁니다. 눈치 빠른 놈들일 수록 상황이 그렇게 되면… 스스로 찬성을 하게 될 겁니다. 현 무림에서 저희를 빼고 생각할 순 없는 일이니까요."

"…하! 결국 진짜 핵심은 우리로군."

삼뇌가 생각도 해보지 못했다는 듯 허탈하게 웃는다.

반대로 신묘는 말이 된다는 듯 고개를 주억거렸다.

"확실히 그렇게만 된다면 나쁘지 않겠군. 아니, 오히려 지금 상황에서 가장 좋은 방법이 될 지도…."

두 사람의 반응을 보던 검제는 잠시 사황과 눈을 맞춘 후 입을 열었다.

"정해졌다면 움직여야지. 연판장을 만들도록 함세. 무림 맹 결성에 처음부터 나섰던 자와 문파를 기록할 수 있는 연판장을. 그것이라면 더 빠르게 상황을 바꿀 수 있겠지."

"아! 좋은 생각이십니다!"

삼뇌가 이마를 치며 검제의 말에 적극적으로 반응했다.

무림인의 명예욕을 교묘하게 찌르게 될 연판장의 존재는 일단 무림맹을 억지로라도 구성하고 난다면 빠른 속도로 자리를 잡게 만드는 최고의 한수가 될 것이 분명했다.

"즉시 움직이도록 하지."

검제가 빙긋 웃으며 말하고 모두가 자리에서 벌떡 일어선다.

❖

무림맹(武林盟).

겨우 세 글자가 가지는 파급력이란 이루 말 할 수 없을 정도로 강렬한 것이었다.

일월신교와의 치열한 싸움 와중에도 모든 이들의 시선이 무림맹으로 향했을 정도였다.

무림맹의 존재에 대해 강렬하게 반대하는 자들이 없는 것은 아니었다.

정파와 사파가 오랜 시간 골이 깊어진 만큼, 아무리 좋은 뜻으로 시작하려고 해도 서로를 납득 시킬 수 없는 이들이 존재할 수밖에 없는 것이다.

하지만 이마저도 곧 연판장이 공개되자 상황이 바뀌었다.

무림맹 초대 연판장.

그곳엔 오직 무림맹 초기에 가입한 문파와 무인만이 이름을 남길 수 있었고, 이후에는 어떠한 조건을 들어서도 그 이름을 남길 수 없다.

이 사실이 알려지고 수많은 문파들이 무림맹에 가입을 하고자 했다.

당연한 일이었다.

연판장 가장 꼭대기에 이름을 올린 문파만 하더라도 당장 정사 양쪽에서 최고라 불리는 자들이 빼곡히 들어차 있었다.

다시 말해 무림 최정상 문파들은 이미 이름을 올리고 있는 것이다.

그렇게 수많은 문파들이 가입을 시작하자 정도맹과 사황련은 공식적으로 무림맹이 존속하는 동안 두 세력이 무림맹 산하로 들어갈 것임을 천명했다.

정확히는 무림맹이 활동을 끝내는 그날까지 완전 흡수, 통합되는 것이다.

이 역시 꽤 많은 논란을 일으켰지만 그런 논란들을 뒤로하고 착실하게 무림맹은 그 자리를 잡아가기 시작했다.

"무림맹이라. 재미있군."

소식을 들은 교주의 반응은 즐거움 그 자체였다.

언제고 무림이 하나로 뭉치게 될 것이라 생각은 했지만, 이런 식으로 빠르게 손을 잡아 자신에게 대항을 할 것이라 곤 예측하지 못했다.

기분이 나쁠 만도 하지만 의외로 기분이 아주 좋았다.

소소한 재미를 찾았다고 해야 할까?

"무림맹의 본거지는 무한이겠지? 기존 정도맹이 있던?"

"그런 것으로 파악되었습니다. 기존 정도맹과 사황련이 흡수되었던 까닭에 빠른 속도로 전력을 늘려가고 있습니다. 아직 체제를 통일 시키진 못한 것 같습니다만, 이 역시 시간문제라 생각됩니다."

수하의 보고에 교주는 고개를 끄덕이며 손짓으로 그를 내보냈다.

홀로 남은 방에서 어느새 준비된 술잔에 술을 따른다.

쪼르륵.

잔에 가득 채운 술을 단숨에 비워버린다.

어찌나 독한지 목구멍이 화끈 거리고, 몸이 뜨겁게 달아오르지만. 막대한 내공으로 인해 금세 평소의 몸 상태로 돌아가 버린다.

의도치 않아도 이젠 육신이 유해한 것들은 스스로 걸러내는 지경에 이른 것이다.

그야 말로 무공으로 이룰 수 있는 강함의 정점에 이른 표식이라 할 수 있지만, 교주 연중문은 지금의 상황이 그리 마음에 들지 않았다.

좋아하는 술조차 즐길 수 없게 되어버렸으니까.

"쯧쯧. 이 좋은 술에 취할 수 없다니. 얻은 게 있다면, 잃는 것도 있다지만 이건 마음에 들지 않아."

쪼르륵-.

연거푸 술잔을 기울이고 나서야 그는 잔을 내려놓았다.

"무림맹이 만들어짐으로서 우리도, 놈들도 흩어져서 싸우기 보단 정면에서 부딪칠 일이 많아지겠지. 그 중에는 건곤일척의 승부를 기울어야 할 일도 많을 테고."

본래 계획대로 움직이는 것을 아주 좋아하는 그다.

오죽하면 중원 무림을 집어 삼키기 위해 수십 년에 걸쳐 방대한 대계를 계획하고 그대로 실행을 했겠는가.

하지만 지금의 무림은 그가 예상치 못했던 방향으로 흘러가고 있었다.

평소라면 아주 기분 나빠해야 하는데… 그렇지 않았다.

오히려 지금이 좋았다.

더 흥분되고, 기대되었다.

"흩어진 놈들을 상대하는 것보단 한 곳에 모인 놈들을 일거에 쓸어버리는 것이 훨씬 더 쉽고, 나은 일이지. 게다가 놈들이 발버둥치는 모습도…."

스윽.

자리에서 일어나 밖으로 나간다.

곳곳에서 숨어 경계를 펼치던 이들이 인사를 하려하자, 가볍게 손을 들어 막은 뒤 교주는 이름도 모를 산 정상으로 올랐다.

휘이잉—.

시원하게 부는 바람.

"중원의 반은 손에 들어왔다. 하지만 이것은… 전생에서도 마찬가지였지."

어딘지 모르게 쓸쓸해 보이는 그의 눈.

"대법을 통해 과거로 돌아와 다시 대업을 시작하는 지금. 이전의 실수는 더 이상 없다. 내 실수는 내 손으로… 덮을 것이니까."

어느새 활활 타오르는 그의 두 눈이 밤하늘의 달을 향한다.

"두 번의 실패란 없다."

❖

밤하늘의 달을 바라보며 휘는 조금의 미동도 보이지 않는다.

산 중턱의 바위에 걸터앉은 그 모습은 퍽이나 멋있지만, 한편으론 쉬이 접근 할 수 없게 만드는 무언가가 있었다.

"하악! 주인님…!"

"…누나, 침."

쓰읍!

태수의 지적에 재빨리 소매로 침을 대충 닦아내는 화령의 두 눈은 여전히 풀린 채 휘를 바라보고 있었다.

중증의 휘 바라기라는 것은 알고 있었지만 매번 이런 모습을 보이니 동생인 연태수도 이젠 반쯤 포기하고 있었다.

"어쩜 고민하는 모습도 저렇게 멋질 수가 있을까? 그에 반해 이쪽 남자들은… 쯧쯧."

"우리가 뭐 어때서!"

"몰라서 물어?"

"……."

차가운 그녀의 말에 태수는 조용히 고개를 숙였다.

할 말은 많지만 자칫 그녀의 성격을 건드릴 수 있다는 것을 새삼 떠올리며 입을 다문 것이다.

일단 불이 붙으면 끄기 어려운 것이 그녀이니.

"그래서 이제 어떻게 움직일 것 같아?"

갑작스런 그녀의 물음에 백차강이 움찔했다가 곧 대답한다.

"모르지, 나도. 이젠 주군의 의지대로 우리도 움직일 뿐이니까."

"그래도 대충 예상은 할 수 있잖아."

"확실하진 않지만 어쩌면 무림맹에 가입 할 수도 있어."

"무림맹에? 이제 와서?"

"정도맹과는 상황이 다르니까."

"아아⋯."

백차강의 대답에 뒤늦게 알겠다는 듯 그녀가 고개를 끄덕인다. 아무리 깊이 생각하는 걸 싫어하는 그녀라도 이 정도면 알아들을 수 있었다.

정도맹일 때 암문이 거기에 속하지 않은 이유는 사황련 등 여러 문파들과의 관계를 생각했기 때문이었다.

하지만 이제 무림맹이 결성됨으로 더 이상 그런 고민을 할 필요가 없어졌으니 무림맹에 속하게 된다 하더라도 큰 문제는 없을 것이다.

아니, 오히려 무림맹과 함께 움직이는 것이 나을 터다.

무림의 힘을 하나로 모아 일월신교와 정면으로 싸우는 일이 늘어나게 될 것이니까.

암문의 전력을 독자적으로 움직이는 것은 검제를 통하게 되면 크게 어려울 것도 없고.

이전과 많은 것이 달라지니 암문이 취해야 할 행동 역시 달라지는 것이다.

물론 아직 휘가 본격적으로 이야기를 하지 않았기에 백차강의 생각일 뿐이지만, 어지간해선 그의 이야기처럼 일이 흘러갈 확률이 높았다.

실제로 휘 역시 그리 생각하고 있었고.

다만 지금의 휘는 그쪽이 아닌 다른 쪽을 고민하고 있었다.

'일월신교와 싸울 수 있는 준비는 모두 마쳤다. 내가

할 수 있는 것도 전부 끝냈고… 남은 것은 놈들을 치는 것뿐. 문제는 역시 나 이외에 누군가가 이 무림에 관여하고 있다는 거겠지.'

대체 어떤 연유로 다시 과거로 돌아오게 되었는지 알 수 없지만, 자신과 같은 경험을 한 사람이 분명.

분명 일월신교 측에 있었다.

그것도 강하게 한 사람으로 압축되었다.

'거의 십중구… 교주겠지. 그렇지 않고선 말이 되지 않는 상황이니까.'

일그러지는 휘의 얼굴.

자신이 일월신교 무인이고 과거로 돌아와 다시 살게 된다면, 그 자리에서 만족할 리 없었다.

남들보다 더 강해질 기회가 도처에 깔려 있는데 말이다.

그럼에도 불구하고 지금까지 일월신교는 크게 변한 것이 없었다.

이유는 하나뿐.

'더 이상 오를 자리가 없었다는 거겠지.'

그렇지 않아도 괴물 같은 교주의 실력이 상상을 초월하는 수준에 오른 것이 납득이 간다.

자신이 그러 했듯.

교주 역시 그랬을 테니까.

더 빠르고, 더 효율적으로 강해진다.

한 번 걸었던 길을 다시 걷게 되는 만큼, 누구보다 빠르고 강한 실력을 손에 넣을 수 있었을 것이다.

"후우…!"

교주만 떠올리면 자신도 모르게 한숨을 내쉴 정도로 가슴이 답답해져 온다.

아무리 생각해도 상대할 방법이 쉬이 떠오르지 않았던 까닭이다.

혈마공 4단계에 오르고 나면 이 답답함이 사라지게 될 것인지 확신 할 수 없지만, 지금의 휘로선 거기에 가능성을 거는 수밖에 없었다.

자신이 가지고 있는 가장 큰 무기는 바로 혈마공이니까.

그 사실을 휘는 잊지 않았다.

휘이잉-.

불어오는 바람이 순간 달아오른 몸을 시원하게 식혀준다.

흐리멍텅하던 두 눈에 생기가 돌기 시작하고, 휘의 시선이 밑을 향한다.

타닥, 타닥.

곳곳에 피워진 모닥불 사이로 편하게 휴식을 취하고 있는 암문 식구들.

자신 하나만을 믿고서 여기까지 따라 와준 저들.

처음엔 자신의 의지도 없이 그저 명령에 따라 움직였던 저들이지만 천부경을 통해 금제를 벗어나, 자신의 의지대로 움직일 수 있게 되었다.

언제든 암문을 벗어나 살 수 있음에도 불구하고 모두들 자신을 따라와 주었다.

목숨을 버려가면서까지.

'될 수 있으면… 모두 살아서 돌아올 수 있게끔. 새로운 미래를 그려 갈 수 있도록.'

으득!

이를 악물며 나름의 다짐을 새롭게 하는 휘.

지금은 미안하지만 오직 하나만 보고 달려야 할 때였다.

놈들의 몰락.

자신들을 이렇게 만들어 버린 놈들에 대한 복수!

그 다짐이 지금 흔들려선 곤란했다.

'정신 차리자. 전생에서도, 지금도 나는 장양휘다! 놈들에게 복수의 칼날을 날릴 장양휘!'

"나는… 장양휘다."

홀로 중얼거리는 휘의 두 눈이 차갑게 빛난다.

풍덩!

끓어오르는 검은 액체에 장양운의 몸이 머리 끝까지 담긴다.

숨을 쉬게 하기 위한 대롱을 입에 꽂은 채.

그것을 제외하면 어디에도 장양운의 모습은 보이지 않았다. 머리카락 하나조차.

부글부글─.

지독한 냄새의 액체는 장양운이 담기고서도 연신 거품을 토해내며 끓는다.

"얼마나 걸리지?"

장양운이 들어가는 과정을 전부 지켜본 태경의 물음에 사람들을 지휘하던 자가 고개 숙이며 답했다.

"최소 열흘은 이대로 담그게 됩니다. 최상의 육체를 지닌 만큼 다른 놈들을 만들어 낼 때보다 더 빠르고, 강한 놈을 완성시킬 수 있을 겁니다."

"당연히 그리 해야지. 본교 최고의 기재이니까."

무심한 듯 말하는 태경의 시선이 모습이 보이지도 않는 장양운이 담긴 통으로 향했다가 돌아온다.

"서둘러야 할 것이다. 혈영들의 완성을 주군께서 애타게 기다리고 계신다."

"최선을 다할 것입니다!"

"음."

고개를 끄덕이는 태경을 뒤로하고 다시 장양운에게 매달리는 사람들.

연신 액체 속에 무엇인가를 담구었다가, 빼며.

때론 어떤 것을 추가한다.

그것을 좀 더 확인하다가 천천히 발걸음을 옮기는 태경.

퀴퀴한 냄새가 나던 방을 빠져나가자 그나마 깨끗한 공기가 그를 맞이한다.

여전히 냄새나고 눅눅한 것은 마찬가지지만.

철컹, 철컹!

묵직한 쇠문이 열리고.

그 안에는 기괴한 울음을 낮게 흘리는 사람들이 가지런하게 서 있었다.

약간 붉은 피부를 지닌 자들.

하나 같이 미약하지만 살기를 흘리고 있는 것이 섬뜩하기만 하지만 태경은 익숙한 듯 놈들을 돌아본다.

"확실히 나쁘지 않아. 이런 괴물들이 풀리게 된다면… 중원 무림은 더 이상 버티지 못하겠지. 아니, 어쩌면 본교 무인들도…."

나쁜 생각을 했다가 고개를 흔든다.

아무리 그래도 그렇게 될 일은 없었다.

혈영들의 명령권은 철저하게 자신의 주군인 교주께만 있는 것이었으니.

"이제 남은 것은 혈영주의 완성 뿐. 설마하니 장양운을 혈영주로 넘기실 줄은 몰랐지만, 상관없는 일이지. 혈영주 만큼은 뛰어난 재능을 지닌 자로 만드는 것이 최고의 선택이니까."

홀로 중얼거리는 태경.

평소라면 결코 이러지 않았을 것이지만, 오늘따라 그는 마음이 불안했다.

장양운을 본 그 순간부터 그러했다.

자신의 동생 휘경이라면 장양운을 결코 이렇게 되도록 만들지 않았을 테니까.

물론 교주의 명령이라면 어쩔 수 없는 일이다.

하지만 그동안 교주, 자신의 주군도 휘경이 장양운에게 어떤 정성을 쏟았는지 뻔히 아는 입장.

아무리 상명하복을 따르는 입장이라지만 그가 아는 주군은 최소한 수하의 일을 방해하지 않는 사람이었다.

그럼에도 불구하고 장양운이 이곳으로 옮겨졌다는 것.

그것이 그를 불안하게 만들었다.

"무슨 일이라도 있는 것이냐…."

결국 참지 못하고 그가 긴 한숨을 내쉰다.

동생의 죽음을 아직 전해 듣지 못했기에 태경의 한숨은 날이 갈수록 깊어져만 갔다.

骑君在黑夜归 102 章

102 章

화르륵-!

밤을 밝히는 거대한 불꽃이 피어오르고.

삽시간에 사방으로 번져나간다.

삐이이익-!

"이쪽으로!"

"물! 물 가져와!"

"이쪽이라고!"

호각 소리가 사방에 난무하고 사람들의 고함소리가 울려

퍼진다.

전각을 태우는 불길을 잡기 위해 어떻게든 노력을 해보려

했지만, 너무 크게 자라버린 불꽃은 그들의 노력을 무색하게 만들었다.

"빌어먹을!"

"젠장!"

욕설과 함께 결국 현장을 벗어나는 사람들.

사람의 손길이 사라지자 더욱 크게 타오르는 화마는 순식간에 전각 전체를 휩쓸기 시작했고.

결국 문파 전체를 집어 삼켰다.

비통한 눈물을 흘리는 문도들을 뒤로하고 놈들은 사람들을 놀리기라도 하듯 더욱 거세게 불타오른다.

어두운 밤을 밝히려는 태양처럼 거세게.

그렇게 호북의 문파 하나가 본거지를 잃었다.

문제는 그곳만의 문제가 아니라는 것이었다.

"오늘 하루에만 서른 곳이라… 어제는 스물두 곳이었나?"

"놈들의 짓인가 싶다가도 설마 이렇게까지 치졸하게 굴까 싶기도 하고, 어렵군요."

신묘가 서류를 보며 고개를 흔들자, 삼뇌가 쓰게 웃는다.

이젠 임시라곤 하지만 한 배를 타게 되었기에 둘은 같은 집무실을 사용하고 있었다.

조금 불편하긴 하지만 그 편이 훨씬 더 효율적이라는 것을 알기 때문이다.

무림 최고의 두뇌 두 사람이 한 곳에 붙었으니 무림맹의 추진 능력은 그 어떠한 곳과도 비교하기 어려울 정도로 빠르고, 저돌적이었다.

그런 와중에 생긴 문제가 바로 이것이었다.

벌써 며칠 째 이어지고 있는 방화사건.

"처음에 단순한 사건으로 생각했던 것이 완전 실수였지. 처음부터 확실히 잡았어야 하는 건데…."

"이미 벌어진 일을 가지고 이제 와서 어쩌겠습니까. 지금이라도 대책을 세우는 수밖에요. 문제는 제대로 된 대책을 세울 수 없다는 것이지만…."

삼뇌의 말에 신묘는 찌푸린 얼굴로 고개를 끄덕였다.

소리 소문도 없이 잠입해서 불을 지르고 도망가는 놈들에게 어떤 대책을 세울 수 있겠는가.

그렇다고 놈들이 딱히 목표를 세우고 움직이는 것 같지도 않았고.

이제까지 당한 문파들을 전부 늘어놓고 짜 맞추려고 해도, 도저히 떠오르는 것이 없을 정도였다.

한 가지 확실한 것이 있다면 일정 규모 이상은 결코 노리지 않는다는 것.

중소형 문파를 중심으로 노리는데 어떤 기준으로 불을 지르고 다니는 것인지 파악을 할 수가 없었다.

그러니 더욱 두 사람이 고민을 하는 것이고.

"심지어 오늘은 후방에서 비슷한 사건이 일어났더군요. 다른 곳도 아니고 강서에서 말입니다."

"강서라… 놈들이 이제 와서 전선을 확장시키려 할 것 같지는 않고. 혼란을 노리려는 것일까요?"

"저도 그게 궁금합니다. 도저히 놈들이 저지르는 일의 의도를 알 수가 없으니! 지금으로선 조심하라는 공문과 함께 중요한 물건들을 따로 챙겨 놓으라고 하는 수밖에요."

"그것도 좋은 방법이긴 한데… 솔직히 저는 신경 쓰이는 것이 불을 지르고 다는 자들의 실력입니다. 겨우 이런 일에 투입되기에는 너무 강한 놈들 같지 않습니까?"

"그러고 보니…"

삼뇌의 말처럼 불을 지르고 다니는 놈들의 실력이 높아도 너무 높았다.

놈들이 불을 지른 문파들 중에는 규모는 작지만 실력이 보통이 아닌 곳도 몇 있었는데, 그들 중 누구도 불을 지른 자들의 인기척을 발견하지 못했다.

아니, 불이 커지는 그 순간까지 눈치 채지 못했다.

이것을 생각해보면 놈들이 이번 일을 위해 투입한 인원의 숫자는 몰라도 그 실력만큼은 일류 이상일 것이 분명했다.

"이제와 깨닫는 것이지만 놈들이 지르고 다니는 불 역시 의문스러운 점이 있습니다."

"불의 규모가 너무 빠르게 커졌다는 것이죠….."

"맞습니다. 그래도 무림인들인데 화광이 비치는 순간부터 불을 끄려고 노력했을 겁니다. 그런데도 불구하고 그러질 못했다는 것은 분명 뭔가가 있다는 겁니다. 문제는 그게 뭔지 파악이 안 된다는 거죠."

"기름 같은 건 확실히 아니겠죠."

"그런 걸 썼다간 바로 들켰을 겁니다."

특유의 냄새가 있는 물건들은 전부 제외되었다.

그렇게 따지자 정말 쓸 만한 것들이 없었다. 아니, 있다 하더라도 이런 일에 쓰기엔 너무나 아까운 것들, 귀한 것들 뿐.

결국 원점으로 돌아온 두 사람의 시름이 깊어지고 있을 때 의외의 곳에서 일의 실마리는 풀리고 있었다.

"화약이로군."

"화약입니까?"

휘의 확신에 곁에서 지켜보고 있던 백차강이 놀랍다는 얼굴로 건물 곳곳에 희미할 정도로 뿌려진 검은 가루들을 바라본다.

"폭발하지 않을 정도의 양인데… 불길이 닿기 시작하면 거침없이 규모가 커지겠지. 어지간해선 끌 수도 없을 테고."

"설령 건물을 무너트린다 하더라도, 이런 것이 도처에 깔려 있으면 작은 불꽃만으로도 다른 곳으로 불길이 퍼지겠군요."

"냄새조차 없으니 약간의 준비만 미리 해놓는다면 더 쉽게 일을 처리하고 빠져 나갈 수 있었겠지."

두 사람의 이야기가 이어진다.

문제는 두 사람이 있는 곳이 암문이 아닌 다른 문파라는 것이다.

그것도 전혀 암문과는 인연이 없는 곳이었다.

일이 점차 커지면서 신묘의 도움 요청이 있었다.

아무래도 은밀성에 있어선 암문 무인들을 따라갈 자들이 없다보니 신묘도 궁여지책이었을 것이다.

딱히 큰 기대를 하지 않았던 것도 사실이었을 테고.

그렇게 아무 기대도 하지 않았던 암문에서 그 흔적을 찾아내었다는 사실에 신묘는 단숨에 이곳까지 달려왔다.

웅성웅성-.

지붕 밑이 소란스러워지자 그제야 휘와 백차강의 시선이 밑으로 향하고.

호위를 위한 인원과 함께 신묘가 모습을 드러낸다.

"빨리도 오셨군."

"그만큼 무림맹에서 골머리를 앓고 있었던 일이지 않습니까. 해결의 실마리가 보이는데다, 본거지에서 그리 멀지 않은 곳이니 직접 달려올 만 하지요."

문파의 주인과 간단하게 인사를 마친 신묘가 두 사람이 있는 지붕으로 올라온다.

꽤 서둘러서 달려온 것인지 단정한 그의 옷에 먼지가 앉아 있었다.

"어떤 건가?"

단도직입적인 그의 물음에 휘는 백차강에게 시선을 주었고, 그에 차강이 화약에 대해 설명을 했다.

모든 설명을 듣고 나자 신묘는 자신의 이마를 쳤다.

짝!

"이걸 잊고 있었군! 태연하게 화약을 사용하는 놈들이었는데도!"

"이런 식으로 쓸 줄은 누구도 몰랐을 겁니다. 게다가 은밀하게 곳곳에 준비되어 있는 것을 보면, 꽤 오랜 시간을 들여서 준비했을 것이 분명합니다. 이곳뿐만 아니라 각 문파를 조사하면…."

"그것만으로도 최소한 지금 같은 최악의 사태는 면할 수 있을 것이네! 솔직히 기대하지 않고 도움을 청했네만, 이렇게 또 신세를 지게 되는군."

"이제 한 배를 탔지 않습니까. 충분히 도울 수 있는 일이었습니다."

"그리 생각해주면 고맙지."

휘의 배려에 그는 미소를 지으며 고개를 끄덕이고선, 왔을 때보다 더 빠르게 돌아갔다.

원인을 찾았다는 소리에 달려오긴 했지만 무림맹이 아직 완전히 자리를 잡은 것이 아니기에, 신묘는 정말 쉴 틈도 없이 바빴다.

정도맹이 자리를 잡을 때와는 비교도 하기 어려울 정도였다.

심지어 삼뇌가 있음에도 불구하고 말이다.

하루가 멀다 하고 맹 내에서 마찰이 일어나니, 그걸 중재해야하지. 가입을 위해 달려오는 문파는 많지. 또 그걸 적절히 배치해야 하지.

대체 잠은 언제 자는 것인가 싶을 정도였다.

오죽하면 모용혜 역시 신묘의 일을 돕기 위해 무림맹에 파견이 되어 있을 정도였다.

그녀의 뛰어난 머리라면 도움이 되고도 남음이 있을 테니까.

사실 전면에 나서서 싸우기 시작한 암문에서 그녀의 역할이 줄어든 것도 사실이라, 그녀의 능력을 발휘 할 수 있는 쪽으로 이동을 시켰다는 것이 정확한 이야기였다.

그렇게 소란을 일으키며 신묘가 떠나고.

휘 역시 백차강을 대동하고 인근의 객잔으로 이동했다.

이곳에서 암문이 먼 것은 아니지만 일부러 바로 돌아가지 않고 객잔에 자리를 잡았다.

– 올까요?

휘의 생각을 곧바로 읽어낸 차강이 점소이에게 태연하게 만두와 소면을 지키며 전음으로 묻는다.

– 포기할 확률이 더 높지만… 잠시 지켜본다고 해서 손해볼일은 아니지.

– 그렇기야 합니다.

대답을 하면서 창밖으로 보이는 문파를 바라보는 백차강.

두 사람이 자리를 잡은 곳은 교묘하게 창밖을 통해 문파가 보이는 곳이었다.

가깝지도 멀지도 않은.

일이 벌어지면 언제든 달려갈 수 있는 위치였다.

– 은밀하게 움직인다고 하지만 저희 눈을 피할 수 있을까요? 저쪽에서 작정하고 준비를 했다면 또 가능할 것 같기도 합니다만.

– 그쪽으로는 우리가 무림 최고다. 일월신교에도 우리의 은밀성을 따를 자들은 없어. 이건 내가 확신 할 수 있다.

단호한 휘의 대답에 차강은 더 입을 열진 않았다.

하지만 내심 기분은 좋았다.

어느 쪽이든 자신들이 인정을 받고 있다는 것은 확실했으니까. 특히 그것이 주군의 믿음이라면 더더욱 기뻤다.

금세 나온 소면과 만두를 천천히 먹는 사이 해가 저물어 간다.

후식으로 시킨 차를 비웠을 쯤엔 밤이 찾아왔을 정도.

"왔군."

달칵.

찻잔을 내려놓은 휘의 얼굴에 미소가 걸리고.

두 사람이 곧바로 객잔을 벗어난다.

조용히 문파 내로 숨어들었던 놈을 밖에서 잠시 기다리 자, 금방 나온다.

준비했던 것들이 모두 무용지물로 끝났음을 확인하기 위 해 온 것인지 그 행동이 신속하기 그지없다.

파바밧!

휘휙-!

가볍고 빠른 몸놀림으로 순식간에 도시를 벗어나는 놈의 뒤를 휘와 백차강이 조용히 따른다.

그렇게 일각쯤을 움직이고 나서야 놈이 멈춰 섰는데, 그 곳엔 십여 명의 인원이 자리를 잡고 있었다.

"상황은?"

"좋지 않습니다. 준비했던 모든 것이 사라졌고, 놈들의 경계 역시 강화되었습니다. 특히 곳곳에 방화수를 준비한 것이 이대로 불을 붙인다 하더라도 피해를 입히긴 어려울 것 같아 철수했습니다."

"잘했다. 놈들이 대비를 하기 시작했다면 이 짓도 이젠 끝이란 소리지. 어차피 마음에 드는 일도 아니었으니 오히려 잘 된 셈인가?"

모닥불을 중심으로 이야기를 나누는 놈들을 멀찍이서 지켜보고 있던 휘의 시선이 한곳으로 향한다.

그곳엔 두 개의 관이 있었다.

은밀하게 움직여야 하는 놈들이 가지고 있는 것이라곤 믿을 수 없을 정도로 크고 묵직해 보이는 관.

은밀성이 생명이라면 저걸 가지고 다닌다는 것은 자살 행위와 크게 다르지 않았다.

그럼에도 불구하고 가지고 다닌다는 것은 저 안에 무엇인가가 들었다는 소리다.

그것도 아주 소중한 것이.

'묘하군. 묘해….'

문제는 이상할 정도로 그곳에 눈길이 간다는 것과 관에서 풍기는 기운이 심상치 않다는 것.

– 저 관이 심상치 않습니다.

백차강 역시 그것을 눈치 챈 듯 전음을 보내온다.

– 그렇지 않아도 나도 보는 중이다. 놈들의 이야기대로면 더 이상 신경 쓰지 않고 보내도 되겠는데… 저게 걸리는군.

– 덮칠까요?

– 잠시 지켜보지.

휘의 말에 백차강이 입을 다물고 명령이 떨어지길 기다린다.

그러는 사이 휘의 눈은 관에서 떨어질 줄 몰랐다.

분명 저 관에서.

익숙하면서도 조금 다른 무엇인가가 느껴지고 있었다.

역겨울 정도로 말이다.

'대체… 뭐냐?'

차가운 눈동자가 놈들을 향한다.

"그런데 대장. 저거 기분 나쁘지 않습니까? 아무리 명령이라곤 하지만 관을 가지고 다니라니… 솔직히 은밀성이 생명인 우리에게 저런 걸 가지고 다니라는 건 죽으라는 소리 아닙니까?"

"그래서. 위에서 내려오는 명령이 달갑지 않다는 거냐?"

"에이, 그건 또 아니지요. 위에서 내려오는 명령은 목숨으로 이행한다! 그걸 잊은 건 아니지만 그래도 찝찝한 것은 사실이지 않습니까? 사실 이번 일에 크게 쓸 일이 없는 것도 사실이고."

"후…!"

수하의 투정에 대장이라 불린 사내가 한숨을 내쉰다.

사실 말은 하지 않았지만 그 역시 그리 생각했기 때문이다.

은밀성을 무기로 삼아야하는 자신들에게 저런 관을 두 개나 넘긴다는 것은 자살을 하라는 것과 크게 다르지 않지 않은가.

그나마 지금까진 문제가 없었지만 앞으로도 이런 식이면 분명 문제가 생기기 마련.

다행히 놈들이 비밀을 눈치 챈 덕분에 이 짓을 더 이상 할 필요가 없어졌다.

그 사실이 그에게 안도감을 가져다주었다.

"달갑지 않더라도 명령은 명령. 위에서 내려온 명령은 절대적이다. 게다가 지금까지 들키지 않았으니 된 일이지 않으냐. 이번 일을 마지막으로 본교로 돌아가게 될 테니, 다들 불만은 그쯤에서 그치도록."

"알겠습니다."

단호한 대장의 말에 모두들 대답은 했지만 여전히 불만 스런 얼굴로 관을 바라본다.

아무리 명령이라곤 하지만 마음에 들지 않는 것은 어쩔 수 없는 것.

그런 수하들의 마음을 잘 알기에 대장은 쓰게 웃었다.

사실 그 역시 말을 그렇게 했지만 마음에 들지 않는 것은 여전했다.

'별일은 없겠지.'

잠시 관을 쳐다보다 곧 수하들에게 시선을 돌리는 그.

한편 그 모습을 처음부터 끝까지 지켜보고 있던 휘는 고민을 하기 시작했다.

이대로 놈들을 칠 것인지, 아니면 기다려 볼 것인지.

'처음 생각대로라면 이대로 놈들을 쳐도 문제는 없겠지만, 역시 저 관이 걸린단 말이지. 어딘지 모르게 걸리고.'

익숙한 듯 익숙하지 않은 이 기운.

이 기운의 정체만 알 수 있더라도 이렇게 고민을 하지 않겠지만, 아무리 생각해도 알 수가 없었다.

장양운과 싸웠을 때 놈이 뿜었던 기운과도 다른 종류의 것이었다.

그때도 지금도 익숙한 듯 익숙하지 않은 기운이 느껴진다는 것은 똑같지만 말이다.

'나나 차강 정도가 아니면 느낄 수 없을 정도로 미세한 기운이긴 한데….'

얼굴을 찡그리는 휘.

아무리 고민해도 선뜻 답을 내릴 수가 없었다.

하지만 언제까지고 이곳에서 지켜만 볼 수도 없는 노릇.

으득!

이를 악물며 마음의 결정을 내린 휘가 백차강과 눈을 마주치고, 동시에 움직였다.

"일단 오늘은 이곳에서…."

스컥!

대장이라 불렸던 사내의 목에 혈선이 생긴다 싶더니 곧 떨어져 내린다.

"대, 대장…!"

"어떤!"

푸확―!

놈들이 대경실색하며 뭔가를 하기도 전에 휘와 백차강의 검이 놈들의 목을 순식간에 베어 넘긴다.

애초에 두 사람의 상대가 될 수 없던 놈들.

모두의 숨을 끊는데 필요한 시간은 그야 말로 숨 몇 번 내쉴 정도면 충분했다.

진득한 피 냄새가 퍼져나가고, 바닥에 흘러넘치고 피가 고이기 시작할 때 두 사람은 어느새 한쪽에 모여 있는 관을 향해 움직이고 있었다.

겨우 두 개에 불과하지만 가까이에서 보니 멀리서 볼 때보다 더 꺼림칙하다.

"열어볼까요?"

백차강의 물음에 휘는 고개를 끄덕였다.

기분이 이상하긴 하지만 이미 결정을 내린 일이니 이제와 망설일 필요는 없다 여긴 것이다.

휘의 명령이 떨어지자 백차강은 가볍게 검을 놀려 정확히

관 뚜껑을 베어낸다.

그그긍!

쿵!

제법 단단한 나무로 만들어진 것인지 둔탁한 소리와 함께 관 속이 모습을 드러내고.

크르릉!

번쩍!

낮은 울부짖음과 함께 붉은 눈을 뜨는 두 명의 사내.

아니, 두 괴물이 있었다.

"캬오오오!"

"큭!"

날카로운 울부짖음과 함께 놈들에게서 뿜어진 강렬한 기세에 신음과 함께 뒤로 물러서는 두 사람.

기세에 타격을 입었다기 보다, 갑작스런 상황에 놀라 뒤로 움직인 것인데 그것이 문제를 키웠다.

놈들이 일어서기 전에 그 목을 베었어야 함을 휘와 백차강은 한참 뒤에야 깨달았으니까.

콰직!

관을 부수며 자리에서 일어난 두 괴물.

작았던 관과 달리 둘의 몸은 비대할 정도로 근육으로 뒤덮여 있었고, 한 눈에 봐도 제 정신을 유지하고 있는 것 같진 않았다.

"혈강시(血殭屍)."

굳은 얼굴의 휘가 놈들을 보며 이를 악문다.

어디서 익숙한 기운을 느꼈다고 생각했더니 이제야 생각이 나기 시작했다.

암영을 똑같이 따라해 만든 놈들.

일전에 보았던… 바로 그 놈들과 똑같은 기운이었다.

"이걸 잊고 있었다니. 내 실수다."

자신의 실수라는 것을 휘는 스스로 인정했다.

이미 벌어진 일을 되돌릴 방법 따윈 없다. 그러니 지금 할 수 있는 최선을 다해야 했다.

그리고 지금 자신이 할 수 있는 최선은.

눈앞의 두 사람을 죽임으로서 편하게 만들어 주는 것이었다.

"캬하아아악!"

파앗!

비명 같은 소리와 함께 혈강시 두 마리가 단숨에 둘을 덮쳐오고.

"빠르게 해치운다."

"존명!"

휘의 명령을 받은 백차강이 먼저 뛰쳐나가고 그 뒤를 휘가 받쳤다.

떠더덩!

쩡-!

두 사람의 검이 놈들의 몸에 적중하자 도저히 있을 수 없는 소리와 함께 강렬한 반탄지기가 느껴진다.

몸을 해할 정도로 강력한 것은 아니었지만 공격을 무효시킬 정도로 탄탄한 반탄지기.

"흡!"

어느 정도 예상했던 바였기에 휘는 지체 없이 검강을 끌어올리며 다시 한 번 검을 휘둘렀다.

강기를 사용하는 만큼 단숨에 놈들의 몸을 벨 것이라 생각했던 그 순간.

쩌엉!

"뭐?!"

굉음과 함께 놈들이 튕겨나가긴 했으나.

콰쾅-!

"크르르르!"

놈들은 멀쩡했다.

마치 몽둥이로 얻어맞았다는 듯 쓰러진 나무를 치우며 일어나 다시 달려들 채비를 갖추는 놈들.

"강기…를 튕겨 낼 수 있는 게 있습니까?"

황당하단 얼굴의 백차강이 물었지만 휘는 대답해줄 수 없었다.

그 역시 머릿속에 아무것도 떠오르지 않았으니까.

하지만 곧 혈룡검을 휘두르는 휘.

스컥!

카카칵!

연신 쉬지 않고 날아가는 검강이 놈들을 덮친다.

"크아아아!"

비명을 내지르는 놈들의 피부위로 검붉은 줄이 생겨나기 시작하고.

푸확-!

끝내 버티지 못한 몸이 산산조각 나며 사방에 흩어진다.

후두둑!

"어려운데…."

쏟아지는 피를 보며 굳은 얼굴의 휘.

혈강시는 굳이 순서를 따지자면 생강시 다음의 힘을 발휘하는 것으로 그 특징은 살아있을 때의 힘을 온전히 발휘할 수 있다는 것과 믿을 수 없는 육체의 강도를 지니게 된다는 것이었다.

방금 전과 같이.

하지만 그것도 정도 것이지 강기를 막아 낼 수 있을 것이라곤 휘도 생각해 본 적이 없었다.

아니, 제 아무리 혈강시라 하더라도 강기를 막아낸다는 것은 있을 수 없는 일이었다.

"있을 수 없는 일을 만들어 냈다는 건가?"

"예?"

"놈들 말이야. 혈강시가 아무리 뛰어나다곤 하지만 강기를 막아낼 정도는 아니란 말이지."

"음… 놈들이 저희 같은 괴물을 또 만들어낸 것이로군요."

얼굴을 굳히며 대답하는 백차강.

휘가 무슨 말을 하려는 것인지 단숨에 눈치 챘기 때문인지 그의 두 눈엔 서늘한 살기만이 가득하다.

자신들로도 부족해서 또 다른 수많은 이들을 희생시키며 무언가를 만들어 내려는 저 가증스런 일월신교 놈들을 도저히 용서 할 수가 없었다.

가만두고 있으면 살기를 줄줄 흘릴 것 같은 백차강의 어깨를 두드리며 진정시킨 휘는 일단 객잔으로 발걸음을 옮겼다.

끓어오르는 분노를 진정시킬 필요도 있지만, 놈들의 속셈을 파악할 시간이.

지금은 필요했다.

객잔에 방을 잡은 휘는 침상 위에 가부좌를 튼 채 두 눈을 감고서 미동도 하지 않았다.

하지만 고요한 그의 겉과 달리 속은 엉망진창이었다.

'암영을 만들기 위한 실패작…이라 불리는 놈들이 처음

이었지. 그리고 오늘의 혈강시까지. 전생에선 결코 없었던 일이야. 이 말은… 교주가 나와 같은 경험을 한 자라는 것이겠지.'

이젠 확신 할 수 있었다.

일월신교주가 자신처럼 시간을 거슬러 다시 돌아왔음을 말이다.

아직도 그 이유를 모르는 자신과 달리, 어쩌면 그는 이유를 알고 있을 지도 모른다는 생각이 들었지만 지금 중요한 것은 그것이 아니었다.

중요한 것은 또 다른 암영이 만들어지고 있다는 것이었다.

상상만으로도 끔찍한 일이었다.

암영이라 하더라도 지금의 자신들이 월등히 뛰어난 것은 사실이지만, 그 실력의 반만 된다 하더라도.

무림은 대혼란에 빠져들 수밖에 없을 것이다.

더불어 전생에서 자신이 했던 것처럼 철저히 암살을 위주로 움직인다면 더더욱 막아내기 어려울 것이고.

'하지만 그럴 가능성은 없겠지. 진짜 암영이 아니고선 암영이라고 부를 수 없을 테니.'

암영들은 천하에서 고르고 고른 인재들을 이용해서 만들어낸 것이었다.

그런 만큼 완성도나 그 실력에 있어선 최고였던 것이고.

제 아무리 교주가 시간을 거슬러 돌아왔다 하더라도, 자신이 일월신교를 탈출 했던 때를 생각한다면 또 같은 재능을 지닌 사람을 모아 암영을 만들기란 사실상 불가능한 일이었다.

당장 오늘 본 혈강시들만 하더라도 그랬다.

이성을 잃고 날뛰는 혈강시는 자신들에게 큰 위협이 될 수 없었다.

강기를 막아낸 것이 놀랍기는 하지만 저 정도로는 어떻게든 중원 무림이 놈들의 수족을 묶어 둘 수 있을 터.

'노리는 것이 뭘까? 대체 뭐지?'

끊임없이 생각하고 또 생각했다.

'새로운 암영을 만든다고 해서 놈들이 얻을 수 있는 것은 뭐지? 지금만 하더라도 막강한 전력을…!'

"설마…."

순간 머리를 스쳐 지나가는 생각.

그 생각에 휘는 굳게 닫혔던 두 눈을 떴다.

"설마 놈은 나란 존재를 미리 알고 있었던 건가?"

오싹!

믿을 수 없는 이야기였지만, 그것을 떠올리고 입 밖으로 내뱉는 순간 휘는 오싹함이 온 몸을 훑고 지나가는 것을 생생하게 느낄 수 있었다.

단 한 번도 생각해 본 적이 없었던 일.

하지만 이젠 철저하게 따져봐야 할 일.

"만약, 만약 놈이 내 존재를 알고 철저하게 준비를 했다면? 나를 방심하게 하기 위해 기존의 계획을 그대로 이행하도록 지시했다면…!"

으득!

이를 악물며 요동치는 심장과 날뛰는 기운을 가까스로 참아낸 휘는 길게 호흡을 하며 마음을 가라앉혔다.

"아냐, 아닐 거야. 만약 나란 존재에 대해 미리 알고 있었다면 지금 같은 상황은 벌어지지 않았겠지."

스르륵.

혼자 중얼거리며 다시 눈을 감는다.

그러자 지난 일들이 생생하게 눈앞을 스쳐지나가고.

'어쩌면 놈이 예측한 것은 내 존재가 아니라, 자신처럼 누군가가 다시 이곳으로 돌아올 것을 예상하고 있었을 수도 있어.'

자신의 존재가 드러난 것과 그러지 않은 것.

이것은 아주 작은 차이였지만, 반대로 너무나 큰 차이였다.

그리고 그제서야 휘는 자신의 생각이, 놈들의 계획이 서서히 맞아 떨어지는 것을 느낄 수 있었다.

'자신 이외의 다른 존재가 개입을 할 것이라고 확신을 했겠지. 그렇기에 철저하게 대비를 하고, 준비를 했겠지.

기존의 계획을 되짚으면서 어떤 놈이 튀어 오를 것인지도 눈여겨 봤을 테고.'

전생과 달이 이번엔 이전의 기억에 없던 수많은 이들이 무림의 중심으로 부흥하며 중원 무림에 큰 힘이 되어 주고 있었다.

이들 모두가 놈에겐 감시의 대상이 되었을 것이지만 결국 가장 많은 시선을 받게 된 것은 바로 자신이었을 것이다.

전생과 가장, 가장 크게 달라진 것을 꼽으라면 바로 자신의 존재였으니까.

'너무 늦은 생각일 수도 있겠지만… 지금이라도 깨닫는 것을 다행으로 여겨야 하겠지. 어쩌면 지금쯤 시간을 거슬러 온 존재가 나라는 것을 파악했을 지도 몰라. 아니, 확신하고 있겠지.'

단목성원과 장양운이 연속으로 자신의 앞에 나타나는 것이 뭔가 이상하다고 생각은 했었다.

여기에 일월신교의 주요 고수들과도 이상하리라 만치 자주 싸웠었고.

그것을 이제 와서 다시 생각해보면 교주는 모든 것을 알고서 마지막 확인 작업을 하려고 한 것일 수도 있었다.

소중한 자신의 제자와 수하들을 희생시켜가면서 말이다.

"대체… 무슨 생각인지 모르겠지만!"

으득!

결국 머릿속 생각을 전부 털어내지 못한 휘가 자리에서 일어서며 이를 악문다.

입 속에서 비릿한 피 맛이 돌고.

"지지 않는다."

휘의 두 눈이 섬뜩한 붉은 빛으로 번쩍이다, 본 모습을 찾는다.

暗归

第103章

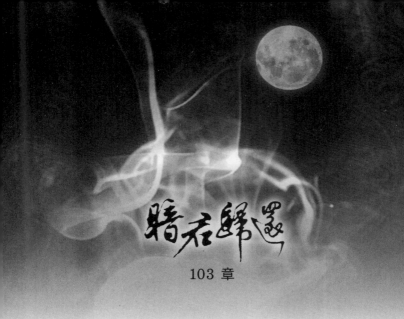

103 章

부글부글-.

끓어오르는 액체를 바라보던 사람들이 서로 눈을 맞추곤 한쪽에 연결되어 있는 장치를 만진다.

키리릭.

콰콰콰!

작은 소리와 함께 엄청난 소리를 내며 빠른 속도로 액체가 사라지기 시작하고.

후욱, 후욱.

숨을 쉬기 위한 관을 입에 문채 얌전히 바닥에 누워있는 사내, 장양운이 모습을 드러낸다.

온 몸의 털은 모조리 녹아버린 모습.

매끈한 두상에 햇불이 비칠 정도로 그의 피부는 깨끗해져 있었다. 도저히 방금 전까지 검은 액체 속에 몸을 담그고 있었다곤 믿을 수 없을 정도로.

"음… 제대로 만들어진 모양입니다. 피부색이 적색을 띄면서도 깨끗한 것이 우리가 만들어낸 것들 중 최고입니다."

"규칙적으로 숨을 내쉬는 것을 보니 몸 상태도 나빠 보이지 않는 군요."

"그럼 계속해서 실험하겠습니다."

누군가의 말과 함께 일제히 몸을 움직여 장양운의 입에서 관을 빼고 그의 몸을 들어 바로 곁에 있는 침상 위에 눕힌다.

스릉-.

몸을 올려놓기 무섭게 미리 준비한 검을 꺼내든다.

한눈에 봐도 날카롭게 잘 벼려진 검으로 피부에 닿는 것만으로도 베일 정도였다.

"흡!"

까앙!

있는 힘 것 검으로 장양운의 배를 내려치자, 날카로운 소리와 함께 검이 뒤로 튕겨난다.

상처하나 새겨지지 않은 그의 배.

"흠… 이 정도면."

"성공이라고 봐야 하겠죠."

"그럼 1차는 이것으로 끝내고 다음 단계로 빨리 넘어갑시다. 시간이 없어요."

"그럽시다."

평소라면 몇 시간이고 실험체를 놓고서 이야기를 주고받았겠지만 오늘은 달랐다.

한눈에 봐도 실험체는 성공적이었을 뿐만 아니라, 마지막 실험의 완성을 기다리고 있는 사람 때문에라도 서두를 필요가 있었다.

태경이었다.

툭, 툭, 툭.

팔짱을 낀 손가락으로 연신 근육으로 다져진 팔뚝을 규칙적으로 두드린다.

침착하고 감정의 변화를 거의 드러내지 않는 그 치고는 유난스러울 정도로 감정을 드러내고 있었다.

만약 교주의 명령에 의해 이 자리를 지키고 있어야 하지 않았다면 당장 이곳을 벗어나도 벗어났을 정도로 그는 다급해져 있었다.

아니, 분노로 불타오르고 있었다.

"장양휘…."

뿌득!

이를 가는 태경.

동생 휘경의 죽음에 대해 소식이 들어온 것은 삼일 전.

당장이라도 이곳을 벗어나 동생을 죽인 놈에게 복수를 하고 싶었지만, 그럴 순 없었다.

무엇보다 우선시해야 하는 것은 교주의 명령.

그렇기에 이를 악물고 참았다.

대신 이번 일의 책임자들을 닦달했다.

그 결과가 지금 눈앞에 있었다.

'조금만, 조금만 더 기다리면 된다. 기다려라. 네 저승길 외롭지 않도록 해줄 테니, 휘경아!'

뿌드득!

다시 한 번 이를 가는 소리가 선명하게 동굴에 퍼져 나가고, 그렇지 않아도 빠르게 움직이던 이들의 움직임이 더욱 빨라진다.

텅.

검붉은 피가 한 가득 담긴 통과 붓이 준비된다.

수백의 동정동녀들의 정혈을 뽑고, 수많은 약재를 조합하여 만든 것으로 오직 장양운을 위해 만들어진 것이었다.

"시작합시다."

스윽, 슥.

피를 듬뿍 묻힌 붓을 들어 장양운의 몸 위로 세심하게 그림을 그려 넣는 사람들.

단 하나의 오차도 용납하지 않겠다는 듯 미세한 떨림조차

지웠다가 새로 그리길 수십 번.

나신인 장양운의 몸을 세심하게 뒤집어가며 무려 다섯 시진이나 쉬지 않고 그의 온 몸 빼곡하게 그림을 그려낸다.

우웅, 웅—.

"반응하기 시작하는 군. 속도를 높입시다."

그림이 완성되어 갈수록 서서히 붉은 빛을 발하는 그림들.

아니, 그림이 아닌 대규모 문신이 장양운의 몸 위에 새겨지기 시작했고 마침내 마지막까지 그의 몸 위를 누비던 붓이 떨어지는 순간.

번쩍!

붉은 빛이 장양운의 몸을 휘 감는다.

"끝인가?"

어느새 다가온 태경의 물음에 대표로 한 사내가 고개를 숙였다.

"교주님의 전언대로라면 이 빛이 성공의 증표입니다. 이제 교주님께서 놈의 이마에 피를 한 방울 흘리시면 놈이 깨어날 것이고, 영원한 맹세를 받치게 될 것입니다. 혈영들의 조종 역시 놈이 맡아 할 것 입니다."

"흠…."

그의 보고에 아직도 붉은빛에 휩싸인 장양운을 바라보는 태경.

그러고 보니 장양운의 몸 위에 새겨진 문신은 과거 장양휘의 몸에 새겨졌던 문신과 아주 흡사했다.

장양휘가 검었고, 놈이 붉다는 것만 빼면 말이다.

서서히 붉은빛이 가라앉기 시작하고, 곧 잠잠해진다.

"완성입…."

푸확!

마지막까지 확인하고 완성이라 선언하려는 그 순간.

태경의 주먹이 놈의 머리를 날려버린다.

단숨에 피와 뇌수가 뒤섞여 허공에 흩날리고.

"이, 이게 무슨…!"

콰직!

투확-!

"컥…!"

외마디 비명과 함께 쓰러지는 사람들.

그들을 시작으로 태경은 쉬지 않고 움직이기 시작했다.

목표는 이 동굴에 살아있는 모든 사람.

어차피 비밀을 지키기 위해 얼마 있지도 않았기 때문에 일은 금방 마칠 수 있었다.

그의 주먹에만 작은 혈흔이 묻었을 뿐 어디에서도 싸움의 흔적은 보이지 않을 정도로 그는 깔끔하게 이곳을 정리했다.

이 모든 것은 교주의 비밀 명령이었다.

장양운이 혈영으로서 완성되는 즉시 이곳에 존재하는 모든 이들을 죽여 입을 막으라는 지시.

"어떻게 옮길까…."

잠시 고민하다가 멀지 않은 곳에 낡은 관하나가 눈에 띈다. 깊게 생각할 것도 없이 그것을 가져다가 장양운을 옮긴 뒤 어깨에 짊어지고 동굴을 벗어난다.

저벅저벅-.

묵직한 발걸음 소리를 내며 동굴을 나서자 수십에 이르는 검은 인영이 모습을 드러내며 태경의 앞에 무릎 꿇고.

"치워."

"존명!"

명령과 함께 몸을 날리는 태경.

반대로 검은 인영들은 동굴 안으로 몸을 날리고, 잠시 뒤 그들이 모조리 빠져나오자.

콰콰쾅-!

콰르릉!

폭발과 함께 동굴이 무너져 내린다.

누구도 이곳의 존재에 대해 알지 못하도록.

"이게 완성된 진짜 혈영이라는 것이지?"

"그렇습니다."

관 안의 장양운을 보며 재미있다는 듯 웃으며 이곳저곳

몸을 만져보는 교주.

그런 주인을 보며 뭔가 할 말이 있다는 듯 연신 입을 달싹 거리다가도 태경은 입을 다문다.

"할 말이 있으면 하도록."

"…왜, 녀석을 보내셨습니까?"

"그럴만한 가치가 있는 일이었으니까."

"교주님께, 주군께 도움이 되는 일이었습니까?"

"물론."

당당한 교주의 얼굴을 보며 태경은 고개를 숙였다.

"그러면 되었습니다. 녀석의 죽음이 쓸모없는 것이 아니었다면, 그걸로 되었습니다."

"복수하고 싶나?"

"……."

단도직입적인 교주의 물음에 태경은 쉽게 입을 열지 않았다.

마음 같아선 복수하고 싶었다.

아니, 당장이라도 복수를 위해 달려가고 싶었다.

하지만 자신은 그림자.

교주의 최측근 호위였다.

자신의 임무를 버려두고 움직인다는 것은 결코 있을 수 없는 일이었다. 더욱이 휘경이 죽었으니 자신은 더더욱 주인의 곁에 붙어 있어야만 했다.

그런 태경의 마음을 읽어내기라도 한 듯 교주가 말했다.

"복수를 하고 싶다면 나서도 좋아."

"……."

"네가 원한다면 말이지. 어차피 지금 내 실력이면 호위가 있으나 없으나 똑같은 상황이기도 하고. 중요한 것은 네 의지지 내 결정이 아니니까."

으적.

교주의 말이 끝나기 무섭게 태경은 입술을 씹었다.

강렬한 고통과 함께 피 맛이 입 안 가득 넘친다.

"아…닙니다. 저는 그림자. 제 감정보다는 임무가 더 중요합니다."

"후후, 후하하하! 아하하하하!"

크게 웃는 교주.

마치 하늘이 무너져라 웃어대는 그의 모습을 보며 태경은 고개 숙인 채 미동도 하지 않았다.

그렇게 한참을 웃던 그가 돌연 웃음을 멈추고 차가운 얼굴로 태경을 바라본다.

"네 그런 점이 싫지는 않아. 하지만 움직일 수 있을 때는 움직이는 것이 좋겠지. 태경!"

"하명하소서!"

"지금 이 시간부로 정확히 열흘 동안 비밀호위직에서 면(免)한다! 또한 그 열흘 동안 임시로 혈영대장에 봉한다!"

"주, 주군!"

"그 정도면 충분한 복수를 할 수 있겠지."

"…감사합니다! 열흘! 그 안으로 끝내고 돌아오겠습니다!"

이글이글 타오르는 태경의 두 눈을 보며 만족스런 미소로 고개를 끄덕인 교주는 장양운이 누워있는 관에 다가섰다.

꾸욱!

주먹을 녀석의 이마에 가져다 놓고 강하게 쥐자.

주르륵.

툭, 툭!

붉은 피가 놈의 이마에, 얼굴에 떨어져 내린다.

우우웅.

우웅!

그 피에 공명이라도 하듯 장양운의 몸 위로 붉은 문신들이 모습을 드러내기 시작하고.

"네 주인은 나다."

교주 연중문이 비릿하게 웃었다.

❖

"허면 저희와 같은 몸을 가진 놈들이 대거 나타 날 수도 있다는… 것이로군요."

연태수의 말에 휘는 고개를 끄덕였다.

놀란 듯 부릅뜬 눈을 주체하지 못하는 사람들.

"개새끼들!"

쾅!

결국 화를 참지 못한 화령이 강하게 책상을 내려치며 분노를 터트렸고, 같은 행동을 취하진 않았지만 오영, 아니. 사영들 모두 크게 분노하고 있었다.

그나마 미리 경험을 했던 백차강은 좀 덜하긴 했지만 분노하긴 매 한가지였다.

자신들과 같은 육체를 만들기 위해 얼마나 많은 희생이 따라야 하는 것인지 누구보다 잘 알고 있었다.

수십, 수백.

어쩌면 수천에 이르는 사람이 죽었을 것이다.

그리고 재능 있는 이들이 강제로 동원되었을 것이다.

일월신교의 영광이라는 미명아래.

그것이 어떤 지옥을 만들어 내는 것인지 이 자리에 있는 사람들 중 모르는 이들은 없다.

그렇기에 분노하고 있었다.

"이대로, 이대로 보고만 있어야 하는 겁니까?"

과묵하고 입을 거의 열지 않던 도마원이 먼저 입을 열 정도로 그 역시 분노하고 있었다.

암영들의 분노는 이해하지만 휘는 지금으로선 방법이 없다고 이야기했다.

그것이 사실이기도 했고.

"놈들이 나서길 기다리는 수밖에 없어. 지금으로선. 놈들이 무엇을 꾸미는 것인지, 어디에서 만들어지고 있는 것인지 전혀 알려지지 않았으니까. 일월신교 내에서도 이에 대해서 알고 있는 사람은 손에 꼽을 수 있겠지."

휘의 말에 묵묵히 듣고만 있던 괴검이 고개를 끄덕인다.

아무리 일월신교 안에서도 다른 이들과 접촉을 삼가 해온 그였지만 소문이 아예 들리지 않는 것은 아니었다.

물론 그때도 암영에 대해서 들은 바는 없었지만, 어쨌거나 자신의 귀로는 어떠한 이야기도 들은 적이 없었다.

하지만 그보다 중요한 이야기는 따로 있었다.

잠시 말없이 회의장에 앉은 이들을 바라보는 휘.

자신의 든든한 팔이 되어주는 백차강, 도마원, 연화령, 연태수.

처음엔 계획적으로 접근했지만 이젠 든든한 문파의 일원으로 자라난 화소운과 괴검.

비록 이 자리에는 없지만 암문의 기초를 튼튼히 만들어 준 모용혜와 파세경까지.

시간을 거슬러 돌아와 맺은 인연은 이젠 자신의 든든한 버팀목이 되어 주고 있었다.

그렇기에.

이젠 자신의 비밀을 털어 놓을 때가 되었다고 생각했다.

"내가… 언젠가 이야기 한다고 했던 비밀이 있다고 했었지."

작은 목소리로 조곤조곤 말하기 시작한 휘.

그리고 휘의 이야기는 자신이 시간을 거슬러온 것에서부터 시작해, 전생에서 겪었던 이야기까지.

자신이 할 수 있는 모든 이야기를 털어 놓았다.

"…그리고 일월신교주 역시 나처럼 시간을 거슬러 돌아온 것이 분명해. 그렇지 않고선 지금의 일을 설명할 방법이 없으니까. 이걸로 내 이야기는 끝이야."

휘의 말이 끝났지만 누구하나 입을 열지 못했다.

당연한 말이다.

사람이 시간을 거슬러 환생 한다는 것이 있을 수 없는 일이니까.

하지만 지금까지 휘가 했던 일을 생각하면 또 믿을 수 없지만, 믿을 수밖에 없게 되기도 한다.

그동안 도저히 말로는 설명할 수 없는 뭔가로 자신들을 이끌었던 것도 사실이니까.

그렇게 모두가 입을 열지 못하고 있을 때, 가장 처음 입을 연 것은 화령이었다.

"환생을 했건, 시간을 거슬렀건 그게 무슨 상관이에요. 중요한 것은 우리가 암영이라는 것이고! 주인님이 암군이라는 것이 중요하죠! 암영은 암군에 절대 복종한다. 그게…

우리 암영의 존재 이유니까요!"

"…오랜만에 누님이 옳은 소리를 하니까 뭐라고 답을 해야 할 지 잊어버렸어."

"뭐?!"

"아니, 좋은 말이라고."

재빨리 손을 저으며 변명을 토해낸 태수는 휘를 보며 말했다.

"누님이 말했지만 대장이 뭘 했든, 무슨 일을 겪었든 상관없어. 지금 내 눈앞에 있는 것은 대장이 맞으니까, 우리는 대장을 따를 뿐."

"나 역시 마찬가지다, 주인."

도마원이 태수의 말을 잊고, 백차강은 말없이 든든한 미소로 대답을 대신한다.

그리고 화소운과 괴검 역시 마찬가지였다.

"우리가 따르고, 함께하는 것은 지금의 형님이니까요!"

"난 지금처럼 맛있는 것만 많이 주면 돼!"

휘는 웃었다.

지금까지 꽁꽁 싸매며 비밀로 할 필요가 있었던 것인가 싶을 정도로 허무했지만, 그 허무함이 너무나 기분 좋게 다가왔다.

"좋아. 그럼 지금부터 놈들. 혈영에 대한 대책을 준비해보자."

휘의 말과 함께 백차강이 일전에 겪은 놈들에 대한 정보를 이야기하기 시작했고, 그의 말이 이어질 때마다 모두의 얼굴이 시시각각 변해간다.

❖

– 뭐야? 이게 뭐야? 이게 뭐냐고!

악을 쓰며 어떻게든 몸을 움직이려고 했지만.

움직이지 않는다.

자신의 의지대로 움직이던 몸이, 눈꺼풀 하나, 손가락 하나 의지대로 움직일 수 없었다.

– 으아아아아!

괴성을 내지르는 장양운.

지금의 현실을 그는 믿을 수 없었다.

분명 자신의 눈으로 보고, 움직이고 있음에도 불구하고 자신의 뜻대로 할 수 있는 것은 아무것도 없었다.

마치.

마치 않아서 다른 사람의 행동을 자신의 눈으로 보고 있는 것 같았다.

믿을 수 없지만, 이것은 현실이었다.

– 사부! 아니, 연중문! 네놈이! 네놈이 날 이렇게 만들었구나! 으아아아!

그리고 자신이 왜 이런 몸을 지니게 된 것인지 장양운은 단숨에 알 수 있었다.

장양휘와의 싸움에서 죽음의 끝자락에 도달했던 자신이다.

마지막 순간 기가 역류하며 주화입마에 빠졌고, 어느 순간 기억이 끊어졌었다.

살아있다는 것은 좋지만 이건 아니었다.

이건 결코 자신이 원했던 모습이 아니었다.

- 으아아아! 죽여 버리겠어! 죽여 버리겠어어어!

고요함속의 외침.

누구도 듣지 못하는 외침을 장양운은 미친 듯이 내질렀다. 누군가가 이 소리를 듣고 자신을 어떻게 해주길 바라며.

장양휘가 전생에서 그렇게 소리 질렀었다.

그리고 이젠.

장양운이 그 길을 겪고 있었다.

파바밧!

엄청난 속도로 움직이는 태경의 곁에 장양운이 차가운 얼굴로 같은 속도로 움직이고, 그 뒤를 혈영 삼백이 뒤를 따른다.

본래 처음 시도했던 혈영의 숫자는 무려 일천이었으나,

실패를 거듭하며 최종 완성된 것은 삼백에 불과했다.

겨우 삼백이었지만.

'이놈들만으로 일월신교의 전력 오 할과 비등하다!'

놈들에 대해 알면 알수록 놀라운 일이었다.

일월신교 전력이 얼마인데 그 전력의 오 할이라니.

처음 자신이 그 사실을 깨달았을 때, 태경은 믿을 수 없었다. 본능적으로 믿지 않으려고 했다.

제 아무리 특수하게 만들어진.

이젠 혈영이란 이름을 가진 무적의 병기라 하더라도 설마하니 겨우 삼백으로 그만한 전력을 발휘 할 것이라곤 예상치 못했다.

'교주님께선 대체 무슨 생각을 하시는 것인지?'

단순히 중원 무림을 정벌하기 위해서라곤 너무 강한 놈들이었다.

철저히 교주의 명령 아래 움직인다곤 하지만 그래도 너무 위험한 놈들인 것은 사실.

하지만.

으득!

'지금은 모든 것을 뒤로 미룬다. 지금은 휘경의. 내 동생의 복수가 먼저다!'

파앗!

한 층 더 속도를 올리는 태경.

그 뒤를 혈영들이 따른다.

이들이 향하는 곳의 끝엔.

소림이 있었다.

"복수를 하기 전 혈영의 무서움을 무림에 새겨라. 목표는 소림. 소림을 치우고 나면… 그 뒤는 온전히 네 시간이 될 것이다. 빠르게 해치울수록 네 시간이 늘어나게 되겠지."

자신이 자유롭게 움직일 수 있는 시간은 겨우 열흘.

그 중에 소림을 해치우고 난 뒤의 시간만이 진정한 자유 시간이니, 최대한 서두를 필요가 있었다.

그런 의미에서 혈영은 대단했다.

사람처럼 쉬어 줄 필요가 전혀 없었으니까.

그렇게 저 멀리 숭산이 보이기 시작했다.

"서둘러라!"

소림사 경내가 소란스럽다.

갑작스런 일월신교의 움직임에 깜짝 놀란 것도 모자라, 소림을 향해 일직선으로 달려오고 있었다.

비록 그 숫자가 작다곤 하지만 놈들은 숨지도, 피하지도 않았다.

오히려 자신들이 더 드러나길 원하는 듯 당당하게 움직였다.

덕분이랄지 짧은 시간에 불과하긴 하지만 소림은 놈들에게 대응할 준비를 갖출 수 있었다.

"이렇게까지 해야 하겠습니까?"

장로 중 한 사람의 물음에 혜명대사.

소림방장인 그는 당연하다는 듯 고개를 끄덕였다.

"오랜 역사동안 본사가 적의 침략을 받지 않았다는 사실은 잊어야 할 겁니다. 거기에 처음부터 전력을 쏟아야 하는 상대를 대상으로 굳이 실력이 되지 않는 제자들을 내보낼 필요는 없지 않겠습니까? 불필요한 희생일 뿐입니다."

"그건 저 역시 그리 생각합니다. 하지만 이렇게… 이렇게까지 대규모 이전을 준비 할 필요가 있겠습니까?"

지금의 소림은 단순히 적들을 맞이하기 위해 바쁜 것이 아니었다.

바로 소림의 중요한 물건들을 철저히 봉인하고, 옮기는 것으로 바쁘게 움직이고 있는 것.

지난 무당 사태 이후 혜명대사는 무승을 제외한 모든 승려들을 숭산 소림이 아닌 다른 절로 분산해 내보냈다.

여기에 소림의 무승들 중에서도 아직 어린 제자들과

그들을 가르쳐야 하는 자들을 뽑아 무림맹 본단으로 피신시켰다.

너무한 처사가 아니냐는 반발이 컸지만.

"위기에 처한 뒤에는 늦습니다. 언제나 미리 대비를 해 두는 것이 좋습니다. 이대로 아무런 일이 일어나지 않으면 힘들긴 하지만 좋은 일이지 않습니까? 만약 일이 벌어진다면… 이것이 앞으로의 소림에 큰 힘이 되겠지요."

"…후우. 알겠습니다."

결국 혜명대사의 고집을 꺾지 못한 장로들이 뿔뿔이 흩어지며 자신이 맡을 일에 최선을 다하기 시작한다.

혜명대사가 소림의 방장이 될 수 있었던 것은 그 실력도 실력이지만, 항시 미래를 대비하는 그 능력과 세상을 읽는 눈을 가졌기 때문이었다.

이번엔 그 규모가 크긴 하지만 혜명대사의 말처럼 미리 준비해서 나쁠 것은 없었다.

그렇게 소림의 준비가 거의 끝나갈 때쯤!

마침내 태경과 혈영들이 숭산의 초입에 도달 할 수 있었다.

"이거… 놀랍군. 설마하니 마중을 나올 것이라곤 몰랐는데."

"어차피 이곳에서 막지 못하면 끝인 싸움이니, 굳이 본사에서 싸울 필요는 없겠지요. 나무아미타불…."

불경을 외며 가늘게 뜬 눈으로 혈영들을 바라보는 혜명 대사.

오싹!

순간 온 몸에서 위험 신호가 솟구쳐 오른다.

몸이 굳어버릴 정도로 강렬한 그 신호에 혜명대사는 이를 악물며 눈을 감고 불경을 속으로 외웠다.

'나무아미타불….'

그러자 굳었던 몸이 풀리며 금세 본래의 모습을 되찾는다.

"땡중이 제법이로군."

태경은 정확히 그걸 눈치 채곤 웃었다.

하지만 그뿐이었다.

눈치 채는 것으로 혈영을 막을 순 없었다.

전력도 전력이지만 혈영을 막을 수 있는 존재는 최소한 강기를 능숙하게 다룰 수 있어야 하는 자.

제 아무리 소림이라 하더라도.

그런 자들을 수백이나 보유하고 있을 리 없었다.

"길게 말 하고 있을 필요는 없지."

조금이라도 더 빨리 이곳을 정리하기 위해 태경은 혈영들을 움직일 준비를 했고, 그 모습에 혜명대사가 외쳤다.

"백팔나한진을 펼친다!"

"존명!"

소림 최고의 합격진이라는 백팔나한진이 순식간에 펼쳐지며 강렬한 위세를 뿜어내기 시작하고.

백팔나한진이라는 이름처럼 이 진법은 백팔명이 기본으로 필요로 하지만, 그 이상의 인원으로도 얼마든지 구사 할수 있다.

필요하면 소림 무승 전원을 동원해서 펼칠 수도 있고.

그런 백팔나한진이 이 자리에 선 모든 무승들이 참여해 만들어지자, 강렬한 기운을 뿜어내며 혈영들을 자극했고.

"가라. 해치워버려!"

"캬오오오!"

태경의 명령을 기다렸다는 듯 장양운이 인간이 내지를 수 없는. 마치 짐승의 그것과 같은 소리를 내지른다.

그와 함께 혈영들이 움직였다.

어떤 합격진도 정해진 움직임도 없다.

그저 백팔나한진을 펼치고 있는 소림 무승들을 향해 달려들 뿐!

첫 격돌은 백팔나한진의 승리였다.

콰쾅-!

터터텅! 텅!

무승들이 순간 내지른 주먹에는 백팔나한진을 통해 공유되는 강력한 힘이 깃들었고, 단숨에 달려드는 혈영들을 날려버린 것이다.

어찌나 그 힘이 강한 것인지 달려든 혈영들 중 무려 두 구나 박살이 나며 다시 일어서지 못했다.

그 모습을 보며 태경의 얼굴이 일순 일그러졌지만 그것도 잠시였다.

두 구를 제외한 나머지 혈영들이 멀쩡히 자리에서 일어나 다시 움직이는 모습을 보인 것이다.

"뭣?!"

그 모습에 놀란 것은 비단 혜명대사만이 아니었다.

자신 있게 내지른 주먹이기에 단숨에 물리칠 줄 알았던 소림 무승들 역시 당황하긴 마찬가지였다.

결코 인간이 감당 할 수 있는 힘이 아니었다.

그걸 견디고 일어선다? 있을 수 없는 일이었다.

문제는 그 있을 수 없는 일이 자신들의 눈앞에서 벌어지고 있다는 것이지만.

"크오오오!"

"캬오오!"

짐승의 소리를 내며 다시 달려드는 혈영들.

여전히 질서도 없이 무작위로 달려드는 놈들이지만 이전과 달리 굳은 얼굴의 소림 무승들은 이전보다 더 강하게 주먹을 내뻗는다.

백팔나한진이 그야 말로 십분 그 능력을 발휘하기 시작

한 것이다.

콰쾅-! 쾅-!

"캬오오!"

비명과 함께 다시 나가떨어지는 혈영들.

하지만.

"끄아아악!"

결국 틈을 뚫고 들어간 혈영 하나가 처참하게 무승의 팔을 뽑아낸다.

재빨리 옆에서 도움을 주지만.

"캬오오오!"

이미 구멍이 뚫린 직후였다.

"포기해! 다음 간다!"

"크윽!"

"아아악!"

동료의 비명을 들으며 피눈물을 삼킨 무승들이 빠르게 백팔나한진의 변화를 시도한다.

그러자 단숨에 더 강한 힘을 발휘하기 시작하는 백팔나한진. 아니, 정확하게는 이제야 진정한 백팔나한진이 발동된 것이나 마찬가지였다.

진정한 백팔나한진은 단순히 서 있는 것이 아니라, 끊임없이 움직이는 합격진이니까.

떠더덩!

떵-!

강한 주먹질에 연신 뒤로 밀려나는 혈영들.

이전보다 더 강한 힘으로.

그리고 이젠 항마(降魔)의 기운이 일어나기 시작했음에
도 불구하고 혈영들의 손해는 크지 않았다.

처음 두 구를 잃었고, 세 차례나 더 달려든 지금도 전체
적인 손해가 다섯을 넘어가지 않았다.

그에 반해 무승의 피해는 수배는 되었다.

빈틈을 놓치지 않고 달려든 혈영들 때문이었다.

"괴물, 괴물이로고!"

부르르!

처음 놈들을 보고 불안했던 이유를 혜명대사는 알 수 있
었다.

놈들은 인간이 아니었다.

결코 인간은… 저렇게 움직일 수 없는 법이니까.

"캬오오오!"

괴성을 내지르며 인간의 육신으로 견뎌 낼 수 없는 공격
을 연신 견뎌내며 달려든다.

그 지독한 모습은 그야 말로 괴물.

괴물이란 단어 이외엔 그 어떤 말로도 설명 할 수 없었
다.

"기운을 끌어올려라! 단숨에 친다!"

"명!"

결국 혜명대사 역시 백팔나한진에 참여하며 기운을 실었고, 이전과 비교되지 않는 어마어마한 기운이 백팔나한진을 통해 발출되기 시작했다.

그 모습에 태경이 긴장하는 순간.

"캬오오오!"

장양운이 울부짖었다.

그리고.

혈우가 쏟아지기 시작했다.

지옥이 펼쳐진다.

"캬오오오!"

장양운이 울부짖음과 동시 놈의 몸 전체에서 붉은 문신이 모습을 드러낸다.

우우우!

폭사되어 나오는 강렬한 마기!

감히 인간으로서 이런 마기를 뿜어 낼 수 있는 것인지 이해되기 어려울 정도의 어마어마한 마기가 끝도 없이 솟구친다.

그리고 단숨에 혈영들을 뒤덮었고.

"캬오오오!"

"크오오오!"

혈영들이 울부짖기 시작했다.

놈들의 얼굴이, 피부가, 두 눈이 붉어지며 마치 장양운처럼 강렬한 기세를 뿜어내기 시작했다.

그 기운이 얼마나 막대한지 단숨에 백팔나한진의 기운과 맞서 싸울 정도였다.

심지어 혜명대사가 포함되었음에도 불구하고.

갑작스런 그 상황에 순간적으로 백팔나한진의 움직임이 둔해지고.

퍼억!

외마디 소리와 함께 무승의 머리가 터져나간다.

어느새 달려든 장양운의 손이 강하게 그를 후려친 것이다. 그것을 신호로 일제히 달려드는 혈영들!

"막아라! 이곳에서 막지 못하면…! 이 괴물들을 막을 자가 없다! 우리가, 소림이 해낸다!"

"우오오오!"

혜명대사는 크게 소리치며 제자들을 북돋음과 동시 자신의 모든 기운을 백팔나한진에 쏟아 부었고.

그것을 느낀 무승들 역시 자신의 모든 것을 쏟아내기 시작했다.

그야 말로 소림의 운명을 건, 건곤일척의 승부였다.

그리고 정확히 한 시진 뒤.

철퍽!

"괴… 물!"

털썩.

피가 가득한 대지에 마지막 한 마디를 쥐어짜며 혜명대
사가 쓰러진다.

"캬오오오-!"

"쿠오오오!"

혈영들의 괴성만이 숭산에 울려 퍼진다.

혈향과 함께.

소림이 무너졌다.

右影黑 104 章
暗鬼

104 章

소림의 충격이 채 가시기도 전에 화산이 연이어 무너졌다.

소림이 소수의 인원에 의한 강력한 한방에 무너졌다면, 화산은 일월신교의 압도적인 힘에 무너져 내렸다.

당했다.

겨우 이 세 글자로 모든 것을 압축 할 수 있을 정도로 일월신교는 은밀하고, 교묘하게 움직였다.

동시다발적으로 자신들을 지켜보던 정보단체들의 맥을 일시에 끊어버리곤 야음을 틈타 무림맹 본 단이 있는 호북을 향해 일제히 움직였다.

이에 난리가 난 무림의 이목과 대응이 호북으로 쏠리는 사이.

그들은 단숨에 방향을 바꾸어 섬서로 향했다.

그리고 화산을 겨우 하룻밤 만에 집어 삼켰다.

전격적으로 벌어진 일이라 소림처럼 만만의 채비를 갖추지 못했던 화산은 어마어마한 피해를 입은 채 무너져야만 했다.

이후 화산이 그 이름에 걸 맞는 힘을 되찾는데 까지는 수십 년은 족히 필요할 것으로 예상되었다.

그만큼 화산은 철저히. 그리고 잔혹하게 짓밟혔다.

화산이 무너지자 화산의 속가제자들이 끓어오르기 시작했고, 그것은 곧 무림맹에 가입하는 인원이 대폭 늘었음을 의미했다.

소림 역시 마찬가지였다.

미리 대비를 했다곤 하나 소림의 전력이 통으로 날아 가 버린 상황.

속가제자들이 발 벗고 무림을 위해.

본파의 위신을 되살리기 위해 무림맹에 지원을 쏟아 붓기 시작한 것이다.

그런 와중에 누구의 시선도 받지 않고 일련의 무리가 은밀하게 남하하기 시작했다.

같은 시기 편지 하나가 휘에게 전달되었다.

– 서로 해결해야 할 일이 있다고 본다. 나와라.

짧지만 많은 것을 의미하는 그 편지에 휘는 지체 없이 암
영들을 이끌고 북상했다.

누가 자신에게 이것을 보낸 것인지 단숨에 알 수 있었다.

놈은 동생의 복수를.

자신은 수하의 복수를.

서로가 서로에게 갚아야 할 빚이 있었다.

어느 쪽이든 일방적일 수밖에 없는 빚 말이다.

대별산(大別山).

호북과 하남의 경계선상에 놓인 이 산은 인근에서 험한
것으로 유명하여 사람들의 접근이 많지 않은 곳이었다.

비록 오악 중의 하나는 아니지만 그 범위를 십악으로 늘
린다면 족히 한 자리를 차지 할 수 있을 정도로 험준한 산
이었다.

대별산의 최심처.

보이는 것이라곤 온통 돌밖에 없는 구릉에 두 무리가 기
세를 높이며 마주섰다.

찌릿, 찌릿!

마주하는 것만으로도 피부가 따끔 거릴 정도로 강렬한 살기를 내뿜는 그들.

"우리 사이에 길게 이야기를 할 필요는 없겠지?"

살기가 가득한 눈으로 자신을 보며 말하는 태경을 향해 휘는 시선을 주지 않았다.

그의 눈은.

놈의 옆에 선 장양운을 향하고 있었다.

그것을 눈치 챈 태경이 웃으며 장양운의 어깨에 손을 올린다.

처음엔 보는 즉시 달려들려고 했었지만 놈의 시선이 장양운에게 향한다는 것을 깨닫고선 생각을 바꿨다.

기왕 죽일 것이라면 철저히 농락한 뒤 죽이는 것으로.

"익숙한 얼굴이지? 맞아. 네놈이 알고 있던 그 얼굴."

"…무슨 짓이지?"

"재미있지 않아? 한 핏줄이 이딴 인형이 되어 지시대로만 움직인다는 것이."

"무슨 짓이냐고 물었다."

고오오-.

휘의 몸에서 흘러나오는 강렬한 기세가 단숨에 태경을 향하지만, 태경 역시 녹록치 않은 몸.

그 강렬한 기세를 어렵지 않게 흘러 내버린다.

놈의 그런 태도조차 휘는 마음에 들지 않았지만, 더 마음에 들지 않는 것은 장양운이었다.

그날 장양운이 사라진 것은 알았지만 설마하니 이런 식으로 다시 보게 될 줄은 몰랐다.

한 눈에 알 수 있었다.

과거의 자신과 똑같다는 것을 말이다.

의식은 살아있지만 그 몸은 철저히 꼭두각시가 되어 남이 명령하는 대로만 살아가야 하는.

그것이 얼마나 답답하고, 화나며, 죽을 것 같은 고독함을 느끼게 하는 것인지 휘는 너무나 잘 알고 있었다.

만약 자신도 천부경이 아니었다면 끝내 저 모습을 벗어나지 못했을 테니까.

"교주님의 제자? 아니면 본교의 소교주? 어느 쪽이든 상관없지. 교주님께서 원하신다면 그것이 누구든, 어떤 존재이든. 필요한 곳에 쓰일 수밖에. 그리고 장양운은 가장 영광스러운 자리에… 있는 거다."

"개새끼들."

"크흐흐흐!"

휘의 욕설에 태경은 웃었다.

절로 웃음이 나왔다, 놈의 욕설에.

"넌 오늘 죽는다. 그것도… 네 형제의 손에. 죽여!"

"캬오오오!"

태경의 명령이 떨어지기 무섭게 짐승의 소리를 울부짖

으며 장양운이 달려든다.

놈을 필두로 일제히 움직이기 시작하는 혈영들.

"시작해! 미리 지시한대로 조심하고."

"존명!"

파바밧!

휘의 명령과 함께 암영들 역시 일사분란하게 움직임을
가져가기 시작한다.

중구난방으로 움직이는 혈영들과 달리 암영들의 움직임
은 일사분란하다 못해 마치 군(軍)의 정예병들을 연상시킬
정도였다.

"캬아아악!"

쩌엉-!

장양운의 손과 휘의 혈룡검이 부딪치고.

일전의 경험대로 혈영들이 자신들 못지않은. 아니, 그
이상의 육체적 강함을 가지고 있을 것이라고 예상은 했지
만.

지이잉!

방금 전 일격으로 알 수 있었다.

예상 그 이상이라는 것을!

'아무리 혈룡검에 내공을 많이 주입하지 않았다곤 하지
만 이런 충격이라니. 이 정도면… 과거 나보다 훨씬 더 몸
의 강도는 뛰어난 수준인가?'

빠르게 공수를 주고받으면서도 휘는 장양운의 몸 상태를 파악하기 위해 애썼다.

장양운의 몸은 과거 자신이 자유롭기 직전의 몸 상태를 상회하고 있었다. 놀라운 일이지만 한편으론 당연한 일이기도 했다.

다른 사람도 아니고 일월신교주가 직접 관여되어 있는 일이니까.

암영을 만들어내는 기술을 완전히 지워버렸다고 생각했는데, 그가 미리 일정 부분을 빼돌렸다면 충분히 가능한 일이었다.

거기에 더 많은 기술을 집어넣은 것은 예상외였지만.

투확!

츠츠츠!

단숨에 땅을 박차며 달려드는 장양운의 모습은 그야 말로 한 마리의 짐승과 다름이 없었다.

힘의 강약조절은 없다.

오직 강(强)만이 있을 뿐!

놈의 공격은 강하고 빨랐지만 너무나 정직했기에 휘가 이리저리 움직이며 피해내는 데엔 아무런 문제가 없었다.

비단 이것은 휘 뿐만 아니라 암영들 전체가 비슷한 상황이었다.

현재 암영과 혈영의 숫자는 대등한 수준.

혈영이 조금 더 많은 것 같지만 그 정도는 큰 차이도 아니었다.

그런데 조금 멀리서 지켜보고 있으면 암영들의 움직임에는 공통점이 있었는데.

혈영들을 한 곳으로 몰아넣고 있었다.

거대한 원을 그리며 놈들을 포위한 채 한곳에 집결시키는 작업을 하고 있는 것이다.

평소라면 태경 역시 눈치를 챘겠지만, 그 역시 장양운과 장양휘의 싸움에 정신을 팔린 채라 쉽게 눈치 채지 못하고 있었다.

쩌저정!

"쯧!"

장양운의 강력한 공격을 빠르게 막아낸 휘가 낮게 혀를 찬다.

내공으로 빠르게 해소를 했음에도 불구하고 혈룡검을 통해 전달되는 충격이 보통이 아니었다.

공격 자체는 단순하지만 그 힘이나 위력에 있어선 과거 장양운과 비교 할 수 없을 정도로 강해져 있었다.

제 아무리 휘라 하더라도 놈의 공격에 당한다면 멀쩡할 수 없을 정도로 장양운의 공격은 강렬했다.

'시간이 지날수록 점차 움직임이 좋아지고 있어. 내가

그러했듯 녀석 역시 진화한다는 건가?

으득!

이를 악무는 휘.

과거 자신 역시 저런 시절이 있었지만 거듭되는 강자들과의 싸움 끝에 어마어마한 실력을 몸에 지닐 수 있었다.

당장은 몸이 조금씩 부자연스럽지만 시간이 그 문제를 해결해 줄 것이고, 그때가 되면 놈은 누구도 막을 수 없는 괴물이 되어 있을 것이다.

'내가 없었더라면!'

"핫!"

우우웅—!

기합과 함께 단숨에 피어오르는 붉은 검강!

검강이 피어오른 혈룡검을 자신을 향해 달려드는 장양운을 향해 휘는 빠르게 휘둘렀다.

단숨에 사방을 뒤덮으며 수천, 수만 자루의 검이 되어 장양운을 찔러 들어가는 혈룡검!

"크아아아아!"

눈을 어지럽히고, 감각을 어지럽히는 휘의 공격에 놈은 괴성을 내지르더니 곧 빠르게 몸을 뒤로 피한다.

오직 공격일변도던 놈이 마침내 그 움직임을 바꾼 것이다.

하지만 휘는 이대로 놈을 놓아 줄 생각이 조금도 없었다.

휘리릭!

단숨에 휘어지며 놈의 뒤를 쫓는 휘의 검.

수많은 혈룡검을 보며 장양운이 다시 한 번 괴성을 내지
른다.

"캬오오오!"

쿠구구구!

드득! 드드득!

괴성과 함께 흔들리기 시작하는 땅.

놈의 기운과 땅이 반응하기 시작한 것이다. 이에 맞춰 놈
의 몸에서 검붉은 기운이 치솟아 오른다.

쿠오오오!

그것의 등장과 함께 잔뜩 흥분한 혈룡들이 단숨에 휘의
의지와 상관없이 몸을 박차고 뛰쳐나오고.

캬오오오!

어느새.

장양운의 몸에서 뛰쳐나온 검붉은 기운이 거대한 새가
되어 하늘에서 혈룡과 어울러져 싸우기 시작한다.

그 말도 안 되는 광경에 눈길을 주는 것도 잠시.

어느새 장양운이 휘의 지척에 도달해 어느새 검붉은 권
강이 가득한 주먹을 휘두른다.

투확-!

콰콰쾅!

기습공격이었지만 어렵지 않게 피해낸 휘.

뒤로 날아간 놈의 권강은 엄청난 폭발과 함께 산을 뒤집어 놓고.

파바밧!

두 사람의 팔 다리가 지금 거리에서 빠르게 교차한다.

투화확!

둘이 부딪칠 때마다 지축을 뒤흔드는 기의 파동이 사방에 뻗어나가고.

"캬오오오!"

"이젠 편안하게 해주마!"

쩌정ー! 쩡!

지금까지와 전혀 다른 싸움이 벌어지기 시작했다.

하지만 분명한 것은.

장양운의 움직임이 이전과 비교 할 수 없을 정도로 좋아지고 있다는 것이었다.

마치 장양휘의 움직임을 훔치기라도 하는 것처럼.

휘 역시 그 사실을 눈치 챘지만, 때는 늦어 있었다.

파바밧!

팟ー!

이보다 기민 할 수 없을 정도로 장양운의 움직임이 빨라졌다. 여기에 단순하던 공격 역시 서서히 변하기 시작했다.

떠더덩!

혈룡검과 놈의 주먹이 연신 부딪치고.

휘가 빈틈을 놓치지 않고 발을 뻗어 놈의 복부를 강하게 걷어찬다.

투확―!

"캬오오오!"

단순히 걷어찬 것이 아니라, 내공을 잔뜩 실어 몸 내부를 뒤흔들었음에도 불구하고 놈은 괴성을 지르며 쉬지도 않고 다시 달려든다.

기이한 광경이지만 휘 역시 이대로 끝날 것이라 생각지 않았기에 차분히 놈을 상대하기 시작했다.

그러면서 난 잠시의 틈을 타 주변을 살핀다.

'좋아, 이대로 가면 큰 피해 없이 충분히 할 수 있….'

스컥!

"칫!"

다른 생각을 하는 아주 짧은 사이 놈의 주먹이 머리 위를 스쳐 지나간다.

마지막 순간 무릎을 숙여 머리 위치를 낮추지 않았다면 날아간 것은 머리카락이 아니라, 머리통이었을 테다.

"점점 위험해지네…."

이젠 피부로 와 닿을 만큼 점차 놈의 공격이 위협적으로 변하고 있었다.

이전에 경험한 혈영들의 모습을 떠올리며 이번 싸움을 철저히 준비한 휘다.

암영들로 하여금 싸움이 벌어지면 놈들을 한 곳으로 모아, 결코 도망치지 못하게 잡아두라고 한 것도 자신이었다.

최대한 빠른 시간 안에 걸림돌을 해결하고 단숨에 혈영들을 해치워버리기 위해서였다.

문제는 계획대로 되지 않았다는 것과 혈영들의 움직임이 예측했던 것보다 훨씬 더 좋다는 것이었다.

전생에서의 자신과 비교를 했었는데… 비교 대상이 아니었다.

이유는 알 수 없지만 분명 놈들의 강함은 자신들보다 월등히 위였다.

'대체 놈은 어떻게 혈영을 만든 거지? 혈마제령공의 흔적이 조금씩 남아 있긴 하지만 그것이 완벽한 것은 아니라, 흔적 이상이라곤 부를 수 없을 정도로 변질되어 버렸어. 아무리 시간을 거슬렀다곤 하지만 그 짧은 시간에 이런 결과를 내보일 수 있을까?'

순간 스친 생각이었지만 휘는 장담 할 수 있었다.

결코 불가능한 일이라고.

이렇게 되면 다시 생각해봐야 하는 것이 있었다.

'…돌아온 시간이 다른 거로구나!'

잊고 있던 한 가지가 떠올랐다.

함께 시간을 거슬렀다고 해서 그 시간까지 같지는 않을 것이란 사실 말이다.

예를 들어 자신이 이곳에서 지내기 시작한지 몇 년이 흘렀지만 교주는 십년. 아니, 수십 년을 기다리고 있었을 지도 모른다.

오직 자신의 목표를 위해서.

'그리고 여기서 알 수 있는 것은! 놈 역시 전생에서 성공하지 못했다는 거지! 중원 정복을!'

예리하게 빛나는 휘의 눈.

달려드는 장양운의 몸을 검 끝으로 순간 온 몸을 두드리고.

"캬오오-!"

비명과 함께 뒤로 튕겨나는 놈.

그런 놈을 향해.

우우웅-!

혈룡검에 가득한 강기가 쉴 틈도 없이 뒤를 쫓는다.

콰콰쾅-! 쾅!

콰르르릉-!

결국 산이 무너지기 시작했다.

으직!

'좋지 않아.'

장양운과 장양휘의 싸움을 지켜보며 예의주시하던 태경의 시선에 답답함이 섞이기 시작한 것은 좀 전 부터였다.

장양운 정도면 충분히 놈을 제압 할 수 있을 것이라 생각했는데, 뜻대로 흘러가지 않고 있었다.

아니, 시간이 지날수록 점차 장양운이 밀리고 있지 않은가.

더불어 자신이 이끌고 온 혈영들의 분위기 역시 좋지 않았다. 조금씩 놈들의 의도대로 움직이고 있다는 것이 선명하게 느껴질 정도다.

"대체 어떻게…?"

사실 혈영과 놈들의 실력은 큰 차이가 나지 않을 것이라 생각했었다.

특히 소림을 치는 과정에서 확인한 괴물 같은 육체와 힘은 능히 그런 생각을 가지고도 남을 수 있게 만들어 주었고.

그런데 지금의 모습을 보라.

대등하기는커녕 조금씩 밀리는 모습을 보이고 있지 않은가.

으드득!

이를 갈며 태경은 단전에서 내공을 끌어올리기 시작했다.

이대로 놈이 당하길 기다리느니 빈틈을 노려 단숨에 놈을 죽이는 방향으로 길을 바꾼 것이다.

그렇게 기회를 노리는 사이.

콰콰쾅-!

콰르르르!

굉음과 함께 장양운이 쏟아지는 검강에 당하는 그 순간.

더 이상 견디지 못한 산이 비명을 내지르며 무너지자, 장양휘의 신형이 허공으로 떠오르는 그 순간을.

태경은 놓치지 않았다.

탕!

단숨에 땅을 박차고 날아오른 그의 신형이 빠르고, 은밀하게 휘의 뒤를 노리고 날아가고.

우우우!

그의 두 주먹에 집중되는 파괴적인 기운!

"하아압!"

휘의 뒤통수가 코앞에 다가온 순간, 기합과 함께 태경이 두 주먹을 휘두른다.

하지만.

투콱!

어느새 돌아선 휘는 냉정하게 혈룡검을 휘둘러 그의 공격을 받아치곤, 강한 발길질로 그를 떨어트렸다.

쾅!

"큭!"

신음과 함께 땅에 내려선 태경의 얼굴에 동요가 그대로 들어나고.

어느새 맞은편에 조용히 내려선 휘는 그를 비웃었다.

"언제 움직이나 하고 계속 신경을 쓰고 있었지. 전에는 도망칠 수 있었지만, 이번에도 과연 그럴 수 있을까?"

오싹!

강렬한 놈의 살기에 오싹함이 감돈다.

믿을 수 없지만 태경은 이제 인정해야만 했다.

놈은 이전 자신이 상대했던 그때의 놈과 다르다는 사실을.

'위험했어.'

자신 있게 이야기는 했지만 휘는 자신이 당할 뻔했다는 것을 잘 알고 있었다.

처음부터 놈에게 신경을 쓰고는 있었지만 어느 순간 장양운을 상대하느라 놓치고 있었는데, 마지막 순간 뒤통수를 맞을 뻔했다.

만약 마지막에 기습을 떠올리지 않았다면 결코 놈을 막아내지 못했을 것이다.

상황이 어떻게 되었든 결과만 놓고 본다면 더없이 좋은 상황임이 분명했다.

장양운의 육체가 아무리 단단하다 하더라도 저 정도면

버티기 어려웠을 것이다. 여기에 사마령의 복수까지 한 번에 처리 할 수 있으니.

앓던 이가 쑥 빠진 기분이었다.

우웅, 웅!

혈룡검 역시 마찬가지인 듯 울음을 터트리며 당장이라도 놈의 목을 베라며 재촉하고.

쿠오오오!

혈룡이 울부짖으며 충만한 힘을 끊임없이 공급한다.

"네놈의 머리를 사마령의 제삿상에 올려주마!"

파앗!

단숨에 놈을 향해 달려 나가는 휘.

그저 일직선으로 달릴 뿐이지만 그 빠르기가 눈에 보이지 않을 정도였다.

"큭!"

놀란 태경이 빠르게 물러서며 본능적으로 두 주먹을 휘두른다.

터텅! 텅!

묵직한 울림과 함께 휘의 두 팔이 교차하며 놈의 공격을 막아내곤 멈추지 않고 놈의 품으로 파고들며, 어깨로 강하게 놈의 가슴을 후려치는 휘!

투칵!

"컥?!"

"흡!"

비명과 함께 날아가는 태경.

하지만 이게 끝이 아니라는 듯 단숨에 따라잡은 휘의 주먹이 태경을 향한다.

"크아아앗!"

비명과 함께 태경 역시 빠르게 반응했다.

억지로 몸을 돌리더니 땅을 박차며 휘의 공격을 피해 낼 뿐 아니라, 거리까지 벌리는데 성공한 것이다.

급작스런 움직임으로 온 몸의 근육이 욱신거리지만 당장의 공격을 피해낸 것으로 만족해야만 할 정도로 가공할 빠르기였다.

"허억, 헉!"

'빌어먹을!'

어렵지 않게 생각했던 복수였는데, 어쩌다가 이렇게 된 것인지 태경은 이해 할 수 없었다.

분명 일전 놈을 도발 할 때까지만 하더라도 이런 실력을 갖추고 있지는 않았다.

대단한 실력이긴 하지만 자신이라면 충분히 제압 할 수 있을 것이라 여겼었는데… 그게 아니었다.

둘 중 하나였다.

자신의 오만이었던지.

'놈이 진짜 괴물이던지.'

그리고 태경은 놈이 괴물이라는 것을 인정하지 않을 수 없었다.

왜 놈이 괴물이라 불렸던 것인지 말이다.

'대체, 대체 왜 이런 놈을 교주님께선 놓아두고 있단 말인가?'

누구보다 일월신교의 대업에 방해되는 걸림돌이다.

놈의 존재를 알아낸 그 순간에 제거를 했어야 하는데, 실패했었다.

이유야 여러 가지가 있겠지만, 이전 교주가 놈과의 싸움을 마무리하지 않았을 때.

그때를 떠올리면 쉽게 이해되지 않았다.

자신이야 이제 느끼는 것이지만 놈과 상대를 했던 교주는 알 수 있었을 것이다.

놈이 자신의 걸림돌이 될 것이란 사실을.

그리고 이 괴물 같은 실력의 증진에 대해서도.

그럼에도 불구하고 교주는 놈을 끝장내지 않았다. 입 밖으로 이 사실을 이야기하지도 않았다.

'내게도…….'

자신이 놈을 상대하러 간다는 것을 알면서도 교주는 끝내 이야기해주지 않았다.

'나 조차도 쓰고 버리는 패에 불과했단 말인가?'

문득 든 생각에 온 몸에 차갑게 식는다.

그동안 수많은 이들이 쓰고 버려지는 것을 보았지만 자신들은 그럴 리 없다고 여겼다.

신교의 진짜 힘이자 교주에게 충성을 다하는 자신들이니까.

하지만 이제와선 그런 교주를 믿을 수 없었다.

상황이 이러했으니까.

태경의 머릿속이 그렇게 복잡할 때 휘는 거침없이 혈룡검을 휘두르며 달려들었다.

콰콰콱!

쩌엉-!

굉음이 터져 나올 때마다 주변의 경관이 바뀌어나간다.

피할 수 있는 것은 모조리 피하고, 피할 수 없는 것만 막고 있지만 그럴 때마다 태경은 자신의 몸이 부서져 나가는 고통을 느껴야만 했다.

지금만 해도 그랬다.

콰쾅!

"크으윽!"

주륵-.

신음과 함께 입가로 흐르는 붉은 피.

검강을 권강으로 막았음에도 불구하고 그 힘의 차이는 어마어마했다.

대체 왜 이런 차이가 나는 것인지 알 수 없을 정도로.

믿을 수 없지만.

지금 휘는 태경을 일방적으로 몰아붙이고 있었다.

'신기할 정도로 힘이 넘쳐. 게다가 잘 보이고.'

휘는 신기한 감각에 둘러싸여 있었다.

어떻게 이런 감각이 존재하는 것인지, 이제까지 왜 몰랐던 것인지 알 수 없을 정도로 신기했다.

온 몸에선 이전과 비교 할 수 없을 정도로 힘이 끓어 넘치고, 자신의 두 눈은 상대의 움직임이 머리카락 한 올까지 놓치지 않았다.

심지어 그의 기가 이동하는 경로까지 느껴질 정도.

온 몸이 예리하게 벼른 검이 된 것 같은 느낌이다.

당장 부러질 것 같은 예리함이 아닌, 만년한철로 만들어 결코 부러지지 않을 것 같은 예리함 말이다.

쉽게 말해 몸 전체가 예리해졌지만 안정감이 느껴지고 있었다.

방금 전까지만 해도 이길 수는 있겠지만 제법 시간을 필요로 할 것 같았던 상대인데… 이젠 너무나 쉽게 느껴졌다.

겨우 찰나의 순간에 불과한데.

그 순간을 넘긴 것치곤 자신이 스스로 생각해도 이해 할 수 없을 정도로….

강해진 자신이 있었다.

'이게… 이게 혈마공 4단계인가?'

혈마공 4단계라면 이해 될 수 있었다.

아직 자신이 제대로 겪어 본 것은 아니지만 분명한 것은 3단계와 비교조차 할 수 없을 정도로 엄청난 단계라는 것은 사실이었으니까.

오죽하면 혈마조차 3단계에 이른 고수 열 명이 덤벼도 4단계의 고수에겐 손 끝 하나 해할 수 없다고 했었다.

그만큼 혈마공은 단계가 오를 때마다 엄청난 격차를 보여주는 대단한 무공이었다.

'4단계의 실마리가 보였을 때가 얼마 전 같은데… 이게 4단계라고? 대체 왜? 어떻게?'

문제가 있다면 자신이 왜 지금의 현상을 겪고 있는 것인지 전혀 알 길이 없다는 것.

딱히 깨달음을 얻은 것도 아니고, 그럴만한 행동을 했던 것도 아니었다.

그럼에도 혈마공 4단계에 접어들었다.

이젠 확신 할 수 있었다.

혈마공 4단계라고 인지하는 그 순간부터 온 몸이 반응하고 있었으니까.

대체 어떻게 접어든 것인지는 알 수 없지만… 솔직히 말해서 아무래도 좋았다.

'적어도 지금은!'

투확!

힘 있게 휘두른 주먹이 태경의 얼굴을 후려치고.

그 강한 충격에 바닥을 구르며 튕겨나는 태경.

짜릿한 손맛과 속이 시원해지는 그 광경은 자신이 그토록 바라던 것 중 하나임이 분명했다.

"크…아아!"

신음을 흘리며 피투성이가 된 얼굴을 들며 일어서는 태경.

태경의 얼굴은 이미 엉망이 되었다. 아니, 얼굴뿐만이 아니라 몸 전체가 말도 못할 정도로 엉망이었다.

평생 이런 굴욕을 단 한 번도 당해봤던 적이 없었던 그.

"크아아아!"

괴성과 함께.

결국 그가 앞뒤 가리지 않고 휘를 향해 달려들었다.

화르륵-!

붉은 기운으로 타오르는 그의 몸!

"나랑 같이 죽는 거다!"

동귀어진이란 최후의 방법을 써가며 휘를 향해 달려드는 태경의 얼굴에는 광기가 서려있었다.

하지만.

"혼자 죽어."

휘의 눈에는 다 보였다.

그의 움직임도, 기의 흐름도.

그가 무엇을 할 것인지도.

스컥!

날카로운 소리와 함께 혈룡검이 번쩍이고.

말이 좋아 동귀어진이지 무방비의 상태로 달려들었던 태경의 머리를 어렵지 않게 베어내는 혈룡검.

툭, 툭!

푸화확—!

머리가 떨어져 내리고 그 피가 사방에 흩어진다.

정말 어이가 없을 정도로 허망한 죽음이었지만 정작 휘는 놈에겐 신경도 쓰지 않았다.

"방금… 좋았는데? 어떻게 했더라? 이렇게였나?"

휙, 휙.

연신 고개를 흔들며 혈룡검을 휘두르는데 집중하고 있었다.

놈을 베는 그 순간.

휘는 아무런 힘을 들이지 않았었다.

그저 자연스럽게, 부드럽게 검이 움직이려고 하는 방향으로 검을 휘둘렀을 뿐.

그런데 그 결과가 엄청났다.

마치 머리에 번개를 맞은 것처럼.

휙— 휙!

"아닌데, 아…!"

문제가 있다면 번뜩이는 그 검을 다시 펼칠 수 없다는 것.

감각이 남아 있으니 어떻게든 할 수 있을 것 같았지만, 수십 번을 휘둘러도 같은 감각이 살아나지 않았다.

오히려 시간이 지나면서 희미하게 남아 있던 감각마저 빠져나가 버렸다.

"그래도… 혈마공 4단계의 진짜를 맛본 것 같은 느낌이 었어."

마지막 일격은 그 말처럼 4단계에 이른 혈마공이 극에 달하면 펼칠 수 있는 검을 맛본 것과 같았다.

지금으로선 결코 닿을 수 없지만 언젠가 반드시 손에 넣을 수 있으리라.

그렇게 생각하며 주변을 둘러보는 휘.

싸늘하게 식어버린 태경의 시신과 자신이 날뛰느라 싸움의 범위가 커지며 꽤나 멀리 떨어진 곳에서 혈영과 싸움을 벌이고 있는 수하들.

다행인 것은 자신이 신경을 써주지 않았어도 다들 어렵지 않게 혈영을 제압해 나가고 있다는 것이었다.

하나하나의 기본 성능만 놓고 본다면 분명 혈영들이 뛰어난 것 같지만, 암영들은 무림에 나와 무수히 많은 경험을 거쳤다.

그런 차이들이 합쳐져 암영들은 혈영을 시간을 들여 처리해나가고 있었다.

"저 정도면 괜찮을 것 같고. 남은 건…."

슥.

뒤를 돌아보자.

"크르르!"

낮게 울부짖는 짐승.

장양운이 서 있었다.

온 몸에 붉은 피를 가득 흘리며.

騎在
歸黑 105 章
暗邊

105 章

"으아아아!"

있는 힘껏 비명을 내지르는 장양운.

하지만 그 비명은 결코 밖으로 새어나가지 않는다.

"있을 수 없어! 있을 수 없는 일이란 말이다!"

온 사방으로 몸부림치며 비명을 내지르는 장양운의 눈에
선 피눈물이 선명하게 흐르고 있었다.

"어째서? 어째서 이길 수 없는 거냐! 나는, 나는 이런 상
태가 되었지만 더 강해졌단 말이다!"

장양운은 믿을 수 없었다.

이딴 식으로 갇히긴 했지만 분명 육체는 더욱 강해졌다.

이전과 비교 할 수 없을 정도로.

그런데도 불구하고 놈의 상대는 될 수 없었다.

태어난 그 순간부터 결코 넘을 수 없었던 벽. 그 벽이…
다시 자신의 앞에 서 있었다.

징그러웠다.

놈도.

자신도.

"으아아아!"

그렇기에 속이 터져라 소리를 내질러 본다.

밖으로 흘러나가지 않을 것이란 사실을 알고 있으면서
도. 이렇게라도 하지 않으면 미칠 것 같았으니까.

아니, 이미 미쳐가고 있었다.

제 정신으로는 도저히… 이 상황을 견딜 수 없으니까.

"크르르!"

낮에 울부짖으며 천천히 휘의 주변을 돌기 시작하는 장
양운.

그런 놈의 몸에서 포악한 기운이 거침없이 흘러나와 사
방을 장악하기 시작한다.

이전과 비교 할 수 없을 정도로 강렬한 기운.

'선천진기… 인가.'

보는 순간 알 수 있었다.

놈이 마침내 한계를 넘은 기운을 쏟아내기 시작했다는 것을.

'장양운. 너의 인생도 참 비참하구나.'

차가운 눈으로 장양운을 지켜보는 휘의 손에 절로 힘이 들어간다.

우웅, 웅.

혈룡검이 울음을 터트리자 그제야 휘는 기운을 끌어올린다.

쿠오오오-!

세 마리의 혈룡이 힘차게 포효하며 다시 한 번 날뛰기 시작하고, 둘의 기운이 부딪치며 거친 싸움을 시작한다.

콰지직!

콰직!

"크르르! 크아아아!"

파앗!

더 이상 참기 어려웠던 듯 결국 괴성을 내지르며 달려드는 장양운.

단숨에 거리를 격하고 날아든 놈이 거칠게 손을 휘두르자, 휘는 빠르게 옆으로 피하며 혈룡검으로 놈의 옆구리를 베어 내려 했다.

그 순간.

파사삭!

놈의 움직임이 변했다.

마치 기다렸다는 듯 허공을 박차며 단숨에 신형을 휘의 뒤편으로 옮긴 것이다.

이어지는 놈의 강력한 발차기!

"큭!"

쩌저적!

치이이익!

엄청난 충격과 함께 속절없이 밀려나는 휘!

두 발이 땅에 끌리며 고랑을 만들 정도로 강력한 공격이었다. 여기에 그치지 않고 다시 한 번 달려드는 놈!

쩌정! 쩡!

파바밧!

쩌엉-!

두 사람의 신형이 붙었다, 떨어졌다를 반복하지만 누구 하나 승기를 잡진 못한다.

불의의 일격에 한 방 먹긴 했지만 휘는 두 번이나 놈에게 당할 생각이 조금도 없었다.

오히려 처음에 당한 것도 워낙 급작스런 움직임이라 놀라서 반응이 늦었던 것일 뿐.

'여기서 또 이런 움직임을 보인다고?'

쉴 새 없이 공격을 하고 있지만 놈의 움직임엔 분명 이전과 다른 차이점이 있었다.

이전의 공격이 직선적이고 변초를 섞을 줄 거의 몰랐다면, 이번엔 능숙하게 변초를 섞을 뿐만 아니라.

츠츠츠!

허초까지 섞어가며 자신의 눈을 어지럽히고 있었다.

마치 진짜 장양운이라도 되는 듯.

분명 놈의 움직임은 이전과 비교 할 수 없을 정도로 빨라졌고, 정교하며, 힘 있는 공격을 쏟아 붙고 있었다.

'하지만… 아직은 단순해.'

간단한 움직임만으로 놈의 공격을 모조리 피할 수 있을 정도로 놈의 공격은 단순했다.

이전과 비교해 많은 것이 바뀌었지만 아직은 부족한 부분이 많았다.

그리고 그런 약점이야 말로 휘가 노려야 할 부분이기도 했다.

"캬오오오!"

놈도 짜증이 난 것인지 공격이 더 커지기 시작했고.

휘는 그 틈을 놓치지 않았다.

"흡!"

카카칵!

놈의 공격을 피해낸 휘가 단숨에 놈의 옆구리를 베고 지나간다.

어찌나 피부가 강한 것인지 기괴한 소리가 나며 피 한 방울

보지 못했지만, 놈의 옆구리에 길게 그어진 붉은 상처.

그것만으로 휘는 충분히 만족스러웠다.

"캬아아아!"

고통에 화가 난 것인지 듣기 싫은 괴성을 내지르며 날 뛰는 놈.

"길게 갈 것도 없겠지."

우우웅-!

처음부터 이 싸움을 길게 가져갈 생각은 조금도 없었다.

그렇기에 휘는 단숨에 놈을 제압하기 위해 검강을 만들었고, 단숨에 놈을 향해 달려들었다.

카카칵!

쩌정! 쩡-!

"크오오오!"

떠덩! 떵!

놈의 몸에 쌓이기 시작하는 충격과 상처들.

여전히 검강에도 굳건히 견디는 놈의 육체 강도는 엄청난 것이었지만 휘의 무차별 공격 아래선 그 육체도 빛을 잃어가기 시작했다.

콰콰콱! 콱-!

쓰러진 놈을 향해 쉬지 않고 검강을 날리는 휘.

놈이 점차 땅속으로 파묻혀 간다.

그러다.

쩍-!

푸확!

"캬아아아!"

결국 배를 길게 찢으며 피가 튀어 오르고, 놈의 몸에서 피가 솟아오른다.

육체가 마침내 한계에 이른 것이다.

그와 함께 선천진기 역시 막바지에 접어든 것인지 놈의 몸에서 흘러나오던 기세가 빠른 속도로 꺾이기 시작했다.

"캬… 오오…!"

부들부들!

이전과 달리 제대로 된 소리도 못 지르고 부들부들 떨기 시작하는 놈을 보며.

단숨에 목을 베려고 했던 휘는 잠시 움직임을 멈추었다.

그리고 한 발 물러서며 놈에게 말했다.

"거기서 듣고 있겠지? 따라 외어라. 널 자유롭게 만들어 줄 테니."

일방적으로 말을 마친 휘가 놈을 향해… 천부경을 외기 시작했다.

자신이 그러했듯 놈 역시 천부경의 힘이면 충분히 제 몸을 되찾을 수 있을 것이라 여긴 것이다.

특히 육체를 지배하고 있던 기운이 서서히 빠지는 중이니 저항이 약해 어렵지 않을 것이었다.

그런 휘의 판단은 정확히 맞아 떨어졌다.

"쿨럭!"

기침과 함께 피를 쏟아낸 장양운의 눈이 맑아졌다.

"이… 개새… 끼! 이런… 방법을… 쿨럭!"

왈칵!

기침과 함께 쏟아지는 붉은 피.

그 속에는 조각난 내장이 들어 있어, 더 이상 장양운이 살 수 없음을 보여주고 있었다.

어떻게든 움직이려고 하는 장양운이었지만.

안타깝게도 그에게 주어진 시간은 길지 않았다.

"마지막으로 묻자. 그렇게까지 하고서 위로 올라갈 필요가 있었나?"

"큭… 큭큭! 난… 후회하지 않는다. 다시… 다시 그때… 가 되어도. 난… 같은 길을 걸을… 것이다. 네놈을… 죽… 이고! 쿨럭! 쿨럭!"

끝까지 욕심과 살기를 버리지 못하는 장양운을 보며 휘는 눈을 감았다.

그리고.

서걱!

데구르르.

놈의 목을 베었다.

더 이상 말을 듣고 있기도, 놈이 살아 숨 쉬는 것도 지켜보기 싫었다.

가족을 희생시켜가면서까지 끝내 자신이 원하는 것만 얻으려던 놈의 모습을 더 이상 머릿속에 남겨둘 필요가 없었다.

그렇기에 베었다.

놈의 목을.

"잘 가라. 네놈과는… 끝까지 방식이 안 맞는구나."

자신과 같은 얼굴이 두 눈을 부릅뜬 채 죽어 있는 모습은 안타깝지만 이 또한 놈의 선택. 그리고 자신의 선택이라는 것을 알기에 휘는 등을 돌렸다.

작은 복수 하나를 마쳤지만 아직 그의 속 깊은 곳에 잠들어 있는 분노는 지지 않았다.

진정한 복수의 대상은 아직도 살아있으니까.

그것도 저 높은 위치에서 말이다.

❖

툭, 툭, 툭.

손가락으로 규칙적으로 태사의의 팔걸이를 두드리는 교주.

그의 뿜어내는 기세를 버티지 못한 수하들이 엎드린 채 꿈쩍도 하지 않는다.

"…오늘은 그만하지. 물러들 가라."

벌떡!

언제까지고 자리를 지킬 것 같던 교주가 돌연 자리에서 일어나 회의장을 빠져나간다.

이상할 법도 하건만 워낙 살벌했던 탓에 교주가 회의장을 벗어난 것이 이 자리에 있는 자들에겐 오히려 다행으로 여겨질 정도였다.

한편 수하들을 뒤로하고 자신의 거처에 틀어박힌 교주의 얼굴엔 미소가 가득했다.

방금 전까지 과연 불만으로 가득한 얼굴과 기색을 역력하게 보이던 사람이 맞나 싶을 정도로.

"크크, 크하하하! 재미있구나! 정말 재미있어!"

정신없이 웃던 그가 제 모습을 찾은 것은 한참이나 뒤였다.

"혈영… 그것도 완성된 혈영마저 놈의 상대가 되지 못했다는 거지? 그 말은 결국 내가 알고 있던 암영보다 훨씬 더 강해졌다는 것이고. 아니지. 강하기는 원래부터 강했었지."

만족스런 얼굴로 웃는 교주.

이제까지 그는 몇 차례에 걸쳐. 수많은 수하들을 희생시켜가며 실험하고 또 실험했다.

이번 역시 마찬가지였다.

자신의 오른팔과 왼팔이나 마찬가지이던 태경과 휘경을

놈의 실력을 알아보는 것에 희생시켰고, 귀하게 얻은 혈영의 마지막 한 조각이라 생각했었던 장양운까지.

어렵게 손에 넣고, 자신의 숨겨진 힘이나 마찬가지 던 그들을 모조리 희생시키며 교주 연중문이 손에 넣은 것이라곤 장양휘의 실력이 얼마나 되는 것인지에 대한 것뿐.

그마저도 자신의 눈으로 보지 않았으니 정확하지 않은 것들뿐이다.

누가 이것을 알았다면 미쳤다고 할 것이었다.

왜 안 그렇겠는가?

겨우 실력을 알아보자고 다른 사람도 아니고 자신의 수족이나 마찬가지였던 자들을 희생시켰으니까.

결코 있을 수 없는 일이었다.

있을 수 없는 일을 태연하게 실행한 그는 반대로 아주 만족을 하고 있었지만.

이유는 하나였다.

"어차피 다른 놈들을 보내봤자 놈의 제대로 된 실력을 발휘하게 할 수는 없었을 테니, 이 정도면 싸게 먹힌 셈이지. 아니, 내가 조금 손해인가? 크크큭!"

연중문의 눈으로 봤을 때 장양휘의 실력을 제대로 알아보기 위해서라면 이 정도 희생이 없이는 안 되었다.

다른 자들을 보내봐야 제대로 된 실력도 보지 못하고 괜히 힘만 뺄 뿐.

그럴 바에는 차라리 이 정도 희생으로 놈의 실력을 알아본 것이 나은 일이었다.

적어도 그의 입장에선 말이다.

"이제야… 나의 무료함도 끝이 나는 건가."

웃으며 눈을 반짝이는 연중문.

그는… 지금 지독한 외로움을 느끼고 있었다.

일월신교의 대법을 통해 다시 시간을 거슬러 온 것까진 좋았다. 실력을 키우고, 다시 무림 정벌을 시도하는 것도.

문제는 너무나 외롭다는 것이었다.

너무 높아진 실력은 누구와도 겨룰 수 없게 만들었고, 그것은 무인으로서 너무나 지독한 외로움을 타게 만들었다.

충분히 어울릴 수 있는 실력자와 마음껏 겨루고 싶은데 그에겐 그것이 불가능한 일이 되어버린 것이다.

홀로 수도 없이 많은 중원 무인들을 상대하는 것도 마찬가지였다.

몸은 풀 수 있겠지만 거기에 몸을 달아오르게 만드는 흥미를 느낄 순 없었다.

그 순간부터 연중문은 강한 외로움을 느끼기 시작했고, 결국 지금과 같은 일을 만들어내고야 말았다.

오로지 자신의 재미를 위해.

수많은 수하들을 희생시켜가며 놈을 키운 것이다.

자신에게 충분히 칼을 드리울 수 있는 실력자로.

그것이.

장양휘였다.

물론 이것은 놈이 자신의 영향을 받아 다시 시간을 거슬러 왔다는 것을 알고 나서 계획한 일이었다.

그만큼 그는 무료함을 느끼고 있었으니까.

제법 많이 신경을 썼었는데 이젠 괜찮을 것 같았다.

"바로 즐기기엔 아깝지. 시간을 좀 더 들이는 게 좋겠지?"

태경과 혈영들을 잡아먹으며 얻은 것들을 소화할 시간을 주는 것이 좋을 터였다.

놈이 강해지면 강해질수록.

자신이 고대하던 시간은 더욱 짜릿함으로 돌아오게 될 테니까.

"후후, 후하하하!"

크게 웃는 그.

하지만 그 웃음소리는 결코 밖으로 흘러나가지 않는다. 누구에게도.

❖

"사망 87. 부상 20. 부상자는 복귀 불가능자만 추렸습니다."

"그럼 이제 남은 게…."

"347명입니다."

"347명이라… 많이도 줄었네."

백차강의 보고에 휘는 쓰게 웃었다.

처음 암영들을 이끌고 세상에 나왔을 때까지만 하더라도 오백에 이르는 숫자였었다.

그것이 줄고 또 줄어.

이젠 347명만 남게 된 것이다.

혈영을 만나지 않았다면 더 많은 숫자가 살아남았겠지만 어쩔 수 없는 일이었다.

처음엔 휘의 계획대로 혈영들을 한 자리에 잘 모았다.

문제가 생긴 것은 휘가 장양운을 죽이고 난 뒤였다.

혈영들의 대장이라 할 수 있는 장양운이 죽음으로서 뭔가가 잘 못되었던 것인지 놈들이 폭주하기 시작했고, 그 폭발적인 힘 앞에 수많은 암영들이 죽은 것이다.

뒤늦게 휘가 합류했지만 그땐 이미 많은 희생을 치르고 난 뒤였다.

"비록 죽었지만 누구도 후회하지 않을 겁니다. 주군이 아니셨다면 저희 역시 혈영들처럼 꼭두각시처럼 움직이다 죽었어야 할 몸이었습니다. 저흴 다시 살려주신 것은 주군 이십니다. 주군의 명령을 이행하기 위해선 이 목숨 따 윈…."

"그만. 그런다고 해서… 내 마음이 편해지진 않아."

"죄송합니다."

고개를 숙이는 백차강.

여전히 마음이 답답하지만 확실한 것 한 가지는 이제 팔부능성의 대부분을 넘었다는 것이다.

이제 남은 것은 일월신교의 보이는 전력과 교주뿐.

지금은 눈앞에 나타난 목표를 향해 달려야 할 때였다.

죽은 이들에겐 미안한 이야기지만 사과는 나중의 일. 그들의 제단에 교주의 목과 심장을 반드시 올릴 것을 다짐하며 휘는 다시 고개를 들어 백차강을 본다.

"부상자들은 암문으로 보내. 이후 치료에 전념하도록 하고."

"이미 조치했습니다. 내일 일찍 암문을 향해 움직일 겁니다. 천탑상회에서 이번 일에 도움을 주기로 했습니다."

"좋아. 무림맹의 움직임은?"

"이번 일을 기점으로 위기감을 느낀 것인지 각파의 정예를 이끌고 맹으로 모여들고 있습니다."

"느리군…."

쓰게 웃는 휘.

일월신교가 중원을 침략하고 그들이 중원의 절반을 집어삼켰음에도 불구하고 아직도 나태하게 굴던 그들이 소림이 쓰러지고, 화산이 무너지고 나서야 부랴부랴 움직인다.

그 점이 너무나 쓰게 느껴졌다.

"그래도 이번 집결을 통해 일월신교와 맞서볼 전력을 구축 할 수 있을 것으로 신묘님께선 자신하고 계셨습니다. 부족한 부분이 있겠지만 그것은 그것대로 메울 수 있다 하시더군요."

"그분이라면 충분하지. 일월신교는 아직 별다른 움직임은 없고?"

"당장은 별 다른 움직임을 보이지 않고 있습니다만… 언제 또 움직일 것인지 알 수 없습니다."

백차강의 보고에 휘는 고개를 끄덕인다.

중원의 정보력도 이제는 많이 올라와서 일월신교의 끊임없는 방해를 뚫고 중요한 정보들을 가져 오기도 했다.

처음에 연신 밀리기만 하던 모습은 이제 찾아 볼 수 없다.

전력에서도 마찬가지.

최대한 지켜야 할 곳에 집중을 하기 시작했기 때문인지 싸움이 벌어져도 일방적으로 밀리는 곳은 거의 없었다.

기본적인 실력 차가 있기 때문에 희생은 어쩔 수 없지만, 중요한 것은 밀리지 않는다는 것이었다.

처음과 완전히 달라진 것이다.

'문제는 이것도… 오래 가진 못할 것 같다는 것인데.'

교주의 준비성을 보면 또 다른 준비를 하지 않았을 리 없다. 그것을 생각한다면 지금의 전력으로도 불안한 감이 없잖아 있었다.

고민 끝에 휘는 백차강에게 말했다.

"아무래도 그들을 불러야 하겠다. 지금 전력으론 아무래도 부족한 부분도 있을 것이고… 차라리 전력으로 놈들과 붙는 게 나을 수도 있겠어."

"주군의 비장의 한 수라 할 수 있는데 괜찮으시겠습니까?"

차강의 물음에 휘는 고개를 끄덕였다.

"끝까지 숨기고만 있다간 쓸 수 없을 것 같으니까."

"…알겠습니다. 천마신교, 봉황곡. 그리고 북해빙궁에 연락을 넣도록 하겠습니다."

"부탁해."

"존명."

고개를 숙이며 방을 빠져나가는 차강.

이후의 일은 차강이 알아서 조절을 할 것이니 남은 것은….

스윽.

자리에서 일어나 침상으로 간 휘가 가부좌를 튼다.

'이번에 얻은 것을 완벽하게 내 것으로 만들어야 한다. 그것도 빠른 시간 안에.'

태경, 장양운과 연달아 싸우며 휘가 얻은 것은 적지 않았다. 특히 혈마공 4단계로 가는 길을 연 것이 가장 큰 소득.

잊어먹기 전에 완벽히 자신의 것으로 만들 필요가 있었다.

그것도 될 수 있으면 빠른 시간 안에.

이미 자신이 알고 있던 상황의 흐름과는 모든 것이 달라져 버린 지금이다.

도저히 어떤 식으로 흘러가게 될 지 파악 할 수 없을 정도로 무림은 하루하루가 급변하고 있었다.

이런 상황이라면 언제 어디서 일월신교주와 만나게 될지 알 수 없었다.

그게 가장 문제였다.

현 무림에서 일월신교주를 상대 할 사람은 자랑은 아니지만 자신 이외엔 없다고 생각하고 있는 휘였다.

검제도 사황도 그의 상대는 될 수 없을 터다.

아직 나오지 않은 무수한 무림의 은거기인들 역시 마찬가지.

전생에서 대체 어떠한 이유로 무림정복에 실패했는지 알 수 없지만, 그때와 다르게 그는 더욱 강해졌다.

'어쩌면 은거기인과의 싸움 끝에 패했을 지도 모르지. 그리고 그 상대는 지금쯤… 살아있지 않을 것이고.'

냉정하지만 휘 자신이라 하더라도 그랬을 것이다.

전과 비교 할 수 없을 정도로 자신의 힘을 키우고, 자신의 일을 방해한 적은 일찍 없애버린다.

그래야 좀 더 일을 진행하기 쉬울 테니까.

"후우… 집중, 집중."

긴 한숨과 함께 휘는 머릿속을 떠도는 수많은 잡념들을 치웠다.

그리고 잠시 뒤 규칙적인 호흡과 함께 깊은 명상에 빠져든다.

무림맹의 상황은 빠르게 변하고 있었다.

이젠 정파의 중심이 구파일방이라고 하기 어려울 정도로 구파일방의 대부분이 무너졌다.

오대세가라고 해서 피해가 작은 것은 아니었다.

만약 무림맹이란 이름 아래 사파와 손을 잡지 않았다면 정도맹은 벌써 사라졌을 수도 있겠다는 이야기가 사람들 사이에서 공공연하게 나올 정도로 정파의 힘은 약해져 있었다.

"그렇다고 저희 사정이 좋은 것도 아니긴 합니다만…."

쓰게 웃는 삼뇌를 보며 신묘는 고개를 끄덕여 동의했다.

현 무림에서 사정이 좋은 곳이 어디에 있겠는가. 너나 할 것 없이 모두가 최악을 향해 가고 있을 뿐.

"수많은 이들이 맹에 가입하기 위해 달려오고 있지만, 그만큼 맹의 힘을 필요로 하는 곳이 늘어나고 있습니다. 이 대로라면… 어렵게 잡은 균형이 무너지는 것도 시간 문제 겠지요."

"미안한 이야기지만 이젠 선택과 집중을 해야 하는 시 간이라고 봅니다. 무작정 모두를 도울 순 없는 일. 이젠 일 월신교와의 일전을 위해 힘을 비축해야 할 때라고 봅니 다."

비정하다면 비정한 삼뇌의 말이었지만 신묘는 그의 제안 을 거절 할 수 없었다.

아니, 그 역시 그리 생각하고 있었다.

수많은 이들이 도움을 바라며 맹에 가입하고, 도움을 요 청하고 있었다.

지금까지는 막대한 인원을 바탕으로 대부분 지원을 나가 고 있지만 이젠 그럴 수 없을 터다.

중원 전역으로 공격의 범위를 넓히던 일월신교가 그 움 직임을 멈춘 것 또한 마음에 걸렸다.

"역시 총공세를 펼칠 작정이겠죠?"

"그게 아니라면… 굳이 물러설 이유가 없겠지요. 어쩌면 이전과 비교 되지 않을 공격이 펼쳐질 수도 있습니다."

"그동안은 어떻게든 버텨 왔지만… 이젠 어렵겠지요."

두 사람의 얼굴이 결코 편해 보이지 않는다.

그만큼 현 무림맹의 전력에 대해서 너무나 잘 알고 있었기 때문이었다.

또한 지금 무림이 버티고 있는 것이 누구의 덕분인지도.

"암문주는… 그는 연락이 없습니까?"

"지난 번 싸움을 끝으로 별 다른 연락은 없습니다. 암문에서도 피해가 컸다고 하니, 당분간 움직이기 어렵지 않을까 싶습니다."

혈영과의 싸움은 이미 보고를 한 뒤다.

무림맹과 함께 하기로 한 뒤부터선 암문이 벌인 일에 대해선 이렇게 보고를 하고 있었다.

그렇지 않았다면 지난번의 일에 대해선 결코 알지 못했을 것이다.

"현 무림이 버티고 있는 것은 그들 덕분입니다. 그들에겐 미안한 이야기지만 앞으로도 좀 더 버텨줘야 합니다."

씁쓸한 얼굴로 말하는 삼뇌.

신묘 역시 그 사실을 잘 알고 있었지만 그것을 입 밖으로 꺼내기란 쉽지 않은 일이었다.

지금까지 그들이 얼마나 많은 노력을 했고, 또 어떤 희생을 치렀는지 너무나 잘 알기 때문이었다.

하지만… 결국 그 역시 암문에 기댈 수밖에 없었다.

이젠 암군(暗君)이란 이름으로 무림에서 모르는 사람이 없게 된 암문주 암군 장야휘.

그에게 말이다.

"…일단 우리가 할 수 있는 일부터 합시다. 지금은 그들이 쉴 수 있도록 말입니다."

"그게 좋겠지요."

두 사람의 이야기가 한참을 이어진다.

일월신교의 핵심 고수들이 한 자리에 집결했다.

그들 하나하나가 무림의 십대고수와 맞먹는 실력을 지닌 자들이었지만 누구하나 기운을 자랑하는 자가 없다.

오히려 최대한 자신을 드러내지 않으려하며 단 한 사람에게 신경을 집중시키고 있었다.

그런 수하들의 시선을 받으며 교주 연중문은 속으로 만족스런 미소를 지었다.

"싸움을… 길게 끌고 갈 필요가 없겠지. 놈들에게 의외의 일격을 당한 것은 사실이지만 그 뿐이다. 우리는 강하다. 강한 자가 약한 자들의 위에 서야 하는 것은 당연한 일. 무림을 손에 넣는다."

"존명!"

"이 시간부로 흩어진 모든 무인들을 이곳에 집결시켜라. 단숨에 저 무림맹을 박살내고 중원을 우리 손에 넣는다.

천하통일의 순간이 다가왔다!"

"우와아아아–!"

순간 터져 나오는 함성!

교주의 확신에 가까운 음성에 눈치만 보던 그들이 목이 터져라 소리를 내지르고 있었다.

"자! 시작해보자. 천하통일을!"

회의가 끝나기 무섭게 일월신교 전체가 끓어오르기 시작했다.

교주의 명령이 사방에 전달되기 시작한 것이다.

사실 말은 안했지만 다들 불만에 가득 차 있었다.

중원 무림 놈들에게 당해서 죽은 이들이 몇인가. 그리고 그들이 가지고 있던 상징이 대체 어떤 것들이었는가.

그럼에도 불구하고 교주는 끝내 복수를 택하지 않았었다.

그렇게 쌓인 불만이 가득했었는데, 이번에 완전히 털어내버릴 기회가 온 것이다.

'단순한 놈들.'

밖에서 전해지는 기운은 안에서도 충분히 읽힐 정도였다.

처음에는 그도 이렇게 빠르게 나설 생각은 아니었었다. 좀 더 시간을 들일 생각이었는데… 하루 만에 생각을 바꾸었다.

"전생의 실수를 되풀이 할 순 없지."

전생에서도 여유를 부리다가 결국 크게 당했었다.

그때의 일을 떠올린 그는 더 이상 그때의 실수를 되풀이 하지 않기 위해 계획을 바꾼 것이었다.

하지만 그보다 더 그를 부추긴 것은.

바로 호승심이었다.

강해진 놈을 자신이 직접 상대해 보고 싶다는 호승심 말이다.

아직 뜸이 들지 않았다는 것을 잘 알면서도 그는 참을 수 없었다.

더 참아내기엔… 그동안 너무 오래 참았다.

"날 즐겁게 해줬으면 좋겠군. 후후, 후하하하!"

환하게 웃고 있는 그의 얼굴과 달리 두 눈에는 강한 살기와 투기가 서려 있었다.

감당 할 수 없을 정도로 강렬하게.

106 章

    일월신교 무인들의 움직임이 이전과 달라지자 무림맹에 속한 정보단체들은 일제히 촉각을 세웠다.

    조그마한 단서도 놓치지 않기 위해 전력을 다했다.

    자신들의 실수 하나가 무림의 판도를 뒤엎을 수 있다는 것을 너무나 잘 알기 때문에 더더욱 기를 쓰고 놈들에게서 정보를 얻어내기 위해 노력했다.

    그리고 마침내 공통점을 찾았고, 그 보고는 즉시 신묘와 삼뇌에게 전달되었다.

    "우려했던 일이…."

    "올 것이 왔다는 거겠지요."

심각한 얼굴의 두 사람.

일월신교 무인들이 한 자리에 집결을 시작했다. 지금 시기에 이런 움직임을 가진다는 것은 그냥 넘어갈 일이 아니었다.

아니, 저들의 의도가 뻔히 보였다.

"단숨에 저희의 목을 벨 생각이겠죠."

중원 정복의 가장 큰 걸림돌이라 할 수 있는 무림맹.

무림맹의 목을 쳐 내려는 것임이 분명했다.

"숫자로는 우리가 놈들의 세 배는 더 많지만…."

"고수의 숫자가 부족해도 너무 부족합니다. 놈들이 소수라면 모를까 그 만한 숫자라면 단순히 머리 숫자를 늘린다고 해서 해결 될 문제가 아니지요."

"최전방에서 놈들의 노도와 같은 공세를 막을 필요가 있는데…."

말과 함께 신묘의 머릿속에 한 사람이 떠올랐지만, 곧 고개를 흔든다.

"그에게 의지를 하기엔 너무 큰 싸움입니다. 게다가 그가 맡아야 할 역할은 더 큽니다. 단순히 최전선에 내세우긴 어렵죠."

"동의합니다. 차라리… 용호단과 이번에 합류한 은거기인들을 한데 묶는 것이 어떠할까 싶습니다. 아니면 역으로 아예 최전선에 본맹의 최정예들을 배치하는 것도 나쁘지 않겠지요."

"처음부터 끝장을 보자는 말씀이시지요?"

"지금 상황에선 그게 꼭 나쁜 것만은 아니니까요."

삼뇌의 제안에 신묘는 고개를 끄떡인다.

그의 말처럼 지금 상황에선 결코 나쁜 생각이 아니었다. 어차피 놈들의 첫 공세를 제대로 막아낼 수 없다면, 역으로 치고 나가는 것도 나쁘지 않았다.

최대한 전력이 살아 있을 때 놈들의 핵심을 칠 수 있다면.

어쩌면 그 편이 훨씬 더 이득일 지도 몰랐다.

제 아무리 일월신교라 하더라도 교의 핵심 인원이 사라지고서도 그 기능을 멀쩡히 발휘 할 수 있을 리는 없으니까.

다만 이 방법에 문제가 없는 것은 아니었다.

"놈들을 가를 수 있는지가 문제가 되겠군요."

"그것도… 암군 그의 전력을 최대한 보전하면서 말입니다. 여기에 우리 쪽 피해가 최대한 적어야 한다는 조건도 붙지요."

까다로운 조건이었다.

아니, 사실상 말도 안 되는 조건이기도 했다.

적의 희생만을 바라고, 아군의 희생은 전혀 신경 쓰지 않는 전략.

있을 수 없는 일이니까.

"말도 안 되는 조건이지만… 솔직히 말해서 지금 상황에서 이보다 더 좋은 계획을 찾기란 불가능한 일이로군요."

쓰게 웃는 신묘.

그 얼굴의 미소는 삼뇌의 얼굴에도 똑같이 걸려 있었다.

천하제일의 두뇌를 가졌다는 두 사람이 모였는데도 불구하고 좋은 생각을 떠올릴 수 없었다.

그저 한 사람에게 기대는 것 이외엔.

머리를 쓰는 사람으로서 이보다 슬픈 일이 어디에 있겠는가. 심지어 그가 상당한 무리를 하고 있음을 잘 알고 있음이니.

"이렇게 되면 맹주님께도 도움을 부탁드려야 하겠습니다. 몸이 상당히 회복되신 뒤이니…."

"맹주님은 뒤에서 지휘를 하시는 것이 더 나을 것 같습니다. 아직 몸이 완전하지 않으신 데다, 혹시나 일이라도 생기게 된다면 본맹 자체가 무너질 수 있습니다."

"으음…."

삼뇌의 말에 신묘는 뭐라 말을 할 수 없었다.

사실 무림맹이 결성되면서 정도맹의 맹주였던 검제가 무림맹주가 되었고, 사황련주였던 사황은 용호단의 단주가 되었다.

이는 당시에 꽤 많은 이야기를 자아냈던 만큼 사실상

건곤일척의 승부라고 보아야 하는 이번 싸움에서 검제가 활약을 해준다면 아주 좋았다.

문제라면 역시 아직 회복되지 않은 몸이지만.

그런 사정을 알기에 삼뇌 역시 그리 말한 것이지만, 신묘로선 미안한 일이었다.

사황이 전장에서 목숨을 내걸고 싸우는 동안, 검제는 뒤에서 안전하게 있게 되는 꼴이니까.

그런 신묘의 마음을 읽었을까.

"부담을 가지실 필요는 없습니다. 사황께서 원하셨던 일이시고, 지금은 검제께서 가지신 위상이 필요할 때이니까요. 적재적소라는 말이 있듯. 지금은 필요한 위치에서 최선을 다하는 것이면 됩니다. 게다가 사실상 가장 크게 무리는 하고 있는 것은 역시 암문… 그리고 암군이지 않습니까."

"…그리 생각해주시면 감사하겠습니다. 저희도 할 수 있는 모든 힘을 쏟아 내도록 하겠습니다."

"그건 저희 역시 마찬가지 아니겠습니까."

분위기가 훈훈해지며 두 사람이 앞으로의 일에 대해 계속해서 의논을 하기 시작한다.

그렇게 난 결론은 하나였다.

어차피 놈들이 싸움을 걸어오는 것이라면 이번 기회에 중원 무림의 명운을 건 싸움을 벌여보자고.

그렇게 무림 전체가 뒤숭숭한 분위기에서 움직이기 시작했다.

❖

고오오-.

어둠이 깊었지만 휘의 몸에서 흘러나오는 붉은 기운은 사라지지 않는다.

오히려 선명한 빛을 뿌리며 방 전체를 가득 채워나간다.

꿈틀.

쉬지 않고 꿈틀대는 근육과 골을 따라 흘러내리는 땀방울.

평온한 얼굴과 달리 그의 몸 전체는 쉬지 않고 움직이는 중이었다.

'혈마공 4단계부터선 그야 말로… 인간의 한계에 도전하는 것이로구나. 아니, 이것으로 완전히 설명 할 수 있을까?'

혈마공 4단계의 문을 열면서 휘는 크게 혼란스러워하고 있었다.

이것이 과연 인간의 몸으로 펼칠 수 있는 무공인지 의심스러울 정도로 막대한 힘을 품고 있었다.

그러면서도 한편으론 이런 힘이라면 일월신교주를 충분히 상대 할 수 있을 것이란 자신감이 차오른다.

'아니, 아직 멀었어. 내가 본 그의 실력은… 이 정도가 아니었어. 혈마공 4단계를 완성한다면. 그때는….'

더욱 짙어지는 그의 기운.

그렇게 휘가 집중하는 동안 그 안에서 흘러나오는 기운을 알아차리고선 백차강을 비롯한 암영들이 돌아가며 휘의 방을 둘러싸며 호위한다.

자그마한 방해조차 용납지 않겠다는 듯 쉬지 않고 사방을 살피는 그들.

하필 지금 머물고 있는 곳이 번화가는 아니지만 적지 않은 사람이 오가는 객잔이기에 더욱 신경이 쓰였다.

그나마 별원을 빌렸기에 망정이지 그렇지 않았다면 객잔을 통으로 대절하거나 사 들였을 것이다.

"얼마나 더 걸릴까?"

씻고 나온 것인지 아직 물기 가득한 머리카락을 말리며 화령이 묻자, 문 앞에서 대기하고 있던 차강이 답했다.

"알 수 없지. 하지만 주군께선 분명 더 강해지실 거다. 직접 나오시기 전까지는 이곳을 지키고 있는 수밖에."

"지금쯤이면 태수가 천마신교에 도착했겠지?"

"그렇겠지. 본래라면 내가 갔어야 하겠지만… 어쩔 수 없지."

그의 말처럼 본래 차강은 자신이 직접 움직여서 천마신교, 봉황곡, 북해빙궁을 불러 올 계획이었다.

누구보다 빠르게 움직일 수 있는데다, 만약의 사태엔 여유 있게 피할 수 있으니 자신이 직접 움직이려고 했었던 것이다.

그랬었는데 주인인 휘가 갑작스레 이런 기운을 내뿜으며 무아지경에 빠져들었음이니.

어쩔 수 없이 태수가 움직이게 된 것이다.

"잘 하겠지. 녀석 역시 오영의 일인이니."

차강의 말에 화령은 고개를 끄덕이며 자신의 방으로 사라진다. 평소 동생인 태수를 자주 괴롭히긴 하지만 누구보다 태수의 능력을 믿고 있는 것은 바로 그녀 자신이었다.

그렇게 밖에서 소소한 이야기들이 오가고 있을 때 휘의 의식은 더욱 깊은 곳을 향한다.

어디하나 밝은 곳이 없는 칙칙한 어둠.

방향의 구분이 하나도 안 되는 그곳이지만, 휘는 신기하게도 앞으로 걷고 있었다.

'날 부르고 있다.'

목소리 하나 들리지 않지만 저 어둠 너머에서 누군가가 자신을 부르고 있었다.

처음엔 심장이 반응했고.

한참을 걸은 이후엔 몸이 반응한다.

그리고 마침내.

"워어어어-!"

깊은 동굴 속에서 올라오는 괴성이 귀에 들려온다.

오싹-!

온 몸이 공포에 휩싸일 정도로 강렬한 충격이 몸을 덮친다!

부들부들!

"이, 이게 뭐야?!"

평생. 평생 단 한 번도 들어본 적이 없는 목소리.

그 어마어마한 충격은 휘의 정신을 흔들었고, 그 육체를 뒤흔든다.

으득!

이를 악물며 어떻게든 버텨내는 휘.

당장이라도 사라질 것 같던 그의 신형이 애써 본 모습을 찾고.

온 몸을 지배하던 공포가 서서히 사라지기 시작하면서, 정신이 돌아오기 시작했다.

"대체 뭐가 있기에… 이런 공포심이 드는 거지?"

살면서 공포심을 느낀 적은 없잖아 있었지만 이렇게 온 몸을 뒤흔드는 공포는 처음이었다.

그것도 얼굴을 본 것도 아닌, 그저 소리를 들었을 뿐인데 말이다.

"더… 가야 하나?"

솔직히 망설여진다.

분명 놈이 자신을 부른 것도 맞고, 저 안쪽에 자신이 더 강해질 수 있는 기회가 있을 것이란 것도 안다.

하지만 한 번 맛본 공포심은 쉬이 사라지지 않는다.

결국 한참을 망설이다.

"가자."

휘는 앞으로 발을 내딛었다.

그 순간.

화아악-!

눈앞이 번쩍이더니 어둠이 물러가고 온 세상이 붉은 빛으로 물들어 간다.

단숨에 바뀌는 광경.

그리고.

"아…."

몸이 따뜻해져 오기 시작했다.

공포심은 완전히 사라지고 익숙한 기운이 몸을 감싸고돌며 차가워진 몸을 덥힌다.

동시 끊임없이 강렬한 기운이 몸 깊은 곳에서 솟아오른다.

신기할 정도로 말이다.

"쿠워어어어!"

쿠르르릉!

거대한 소리가 단숨에 휘의 온 몸을 흔들고 지나간다.

아니 세상 전체를 흔들었다.

하지만 이전과는 확연하게 틀렸다.

이전엔 공포심만이 남았었다면, 이번엔 공포심이 아닌 충만함이 몸에 가득 새겨지고 있었다.

당장이라도 터질 것 같은 엄청난 힘이 온 몸에 집중된다.

단순히 내공이 충만하여 몸 전체에 활력이 도는 것과 확연할 정도로 다르다.

"이건 대체?"

멍하니 자신의 손과 몸을 바라보던 휘는 천천히 앞으로 발걸음을 내딛기 시작했다.

알 수는 없지만 이 앞에.

이 모든 상황을 만들어낸 자가 자신을 기다리고 있을 것 같았다.

얼마나 걸었을까.

"아!"

휘의 감탄사와 함께.

눈앞에 모습을 드러낸 어마어마한 크기의 혈룡.

"크르르…!"

놈이 휘를 보며 낮게 운다.

반갑다는 듯.

"쿠오오오오!"

놈의 거대한 함성과 함께 다시 한 번 휘는 몸을 떨어야
했다. 감당 할 수 없을 정도로 차오르는 힘의 향연에!

– 내게 온 것을 축하한다.

"넌… 누구지?"

머릿속에 울리는 혈룡의 목소리.

놀랄 법도 하건만 휘가 먼저 물은 것은 녀석의 정체였다.

– 나는 존재하되 존재하지 않는 것.

"혈룡…인가?"

– 오랜 시간 나를 찾는 자를 기다려왔다. 정말 오랜 시간
을….

"왜지? 왜 날 기다린 거지?"

– 날 자유롭게 해 줄 사람이니까.

"그게 무슨 말이지?"

– 나는 혈마공에서 태어나, 오직 혈마를 위해 존재한다.
그렇기에 나는 네 힘이 될 것이다.

"쿠오오오–!"

말이 끝나기 무섭게 혈룡이 하늘을 향해 괴성을 내지르고.

휘가 어떻게 반응을 하기도 전에!

놈이 휘를 향해 달려들었다.

콰우우우–!

거대한 빛과 함께.

드드드!

달그락, 달그락!

챙!

갑작스럽게 땅이 흔들린다 싶더니, 진동은 점점 커져만 가고 방 한쪽에 마련되어 있던 물주전자와 컵이 떨어지며 요란한 소리를 낸다.

"이게 무슨 일이야?!"

문 앞을 지키고 있던 화령이 깜짝 놀라며 시선을 밖으로 주었고, 때마침 밖에서 암영 하나가 달려 들어왔다.

"이곳을 중심으로 흔들리고 있습니다! 진원지는…!"

암영의 시선이 방문을 향하고.

화령이 그 의미를 깨달음과 동시.

번쩍!

붉은 빛이 사방을 휘감았다.

"꺅!"

"헙!"

각가지 비명들이 쏟아져 나온다.

갑작스럽기도 했지만 한치 앞을 볼 수 없을 정도로 붉은 빛으로 사방이 가득해졌으니까.

그러길 잠시.

드드드!

드드…

"끄, 끝난 건가?"

사방을 가득 채우던 빛이 사라지고 지진이 멈추기 시작했다.

평소라면 당장이라도 휘를 향해 달려갔어야 하는 화령이지만 이번만큼은 그럴 수 없었다.

고오오−.

방문을 넘어 전해지는 막대한 기운.

이전과 비교 할 수 없는 그 막대한 기운에… 섣불리 다가설 수 없었다.

때마침 화령과 교대로 휴식을 취하던 백차강과 도마원이 다급히 달려와 그녀에게 상황설명을 들었다.

"우선… 주변부터 막고 봐야 하겠군."

그녀에게 이야기를 전부 들은 차강은 잠시 휘가 있는 방에 시선을 두었다가 곧 암영들에게 명령을 내린다.

"지금 즉시 전 암영들은 이 별원에 접근하는 모든 자들을 막는다! 모습을 드러내고, 기운을 외부로 흘려라! 무시하고 경계를 뚫으려는 자들은 목을 베어라!"

"명!"

츠츠츠!

그의 명령이 떨어지기 무섭게 사방에서 암영들이 움직이기 시작했다.

"나는 객잔주인을 만나고 오지. 이렇게 된 것 아예 이곳을 통채로 전세내고 모든 접근을 차단하는 것이 낫겠어."

"여긴 내가 지키고 있을게."

"그럼 난 밖을 맡지."

화령이 이곳을 지키고 도마원이 외부로 나서기로 했다.

두 사람이 흩어지는 것을 지켜보며 화령은 속으로 빌고
또 빌었다.

부디 이번 일이 별 것이 아니기를 바라며.

붉은 빛은 하늘 높이 치솟아 올라 주변 무인들의 시선을
크게 끌었다.

이런 빛을 보일 정도라면 어마어마한 보물이 발견된 것이
라는 헛소문과 함께 엄청난 이들이 이곳으로 몰려들었지만.

누구도 암영들의 경계를 깨지 못했다.

당연한 일이었다.

작정하고 호위를 서기로 한 그들을 뚫을 수 있는 것은 전
무림을 통 털어도 몇 되지 않을 터였다.

게다가 대놓고 살기를 줄줄 흘리고 있음이니 어지간한
실력자들은 혀를 차며 물러서기 일쑤.

몇몇 겁 없는 자들이 덤벼들었지만 하나 같이 목과 몸이
분리된 채 땅을 뒹굴어야 했다.

그럼에도 불구하고 몰려드는 이들의 숫자는 점점 많아진
다.

그만큼 호기심을 이끌어 냈기 때문이리라.

"무림의 상황이 좋지 않아도 보물에 대한 욕심을 내는 자들은 많고, 또 많군. 그것이 사실이든 아니든 신경도 쓰지 않고."

밖에 몰려든 이들을 지붕 위에서 지켜보던 차강은 쓰게 웃었다.

벌써 몇 번이고 이번 일에는 보물과 관련이 없다고 밝혔음에도 점차 몰려드는 이들이 많아지고 있었다.

당장은 저들을 막아서고 있지만 군중심리라는 것은 무서워 언제 달려들지 몰랐다.

"달려드는 건 상관없지만 전부 죽여 버릴 수도 없고. 짜증나네…."

차강의 곁에 선 화령이 얼굴을 일그러트리며 중얼거린다. 벌써 휘를 못 본 것이 며칠이나 되었고 눈앞에서 계속 저들이 알짱거리니 그녀로선 이미 참고 또 참은 상황.

언제 폭발해도 이상할 것이 없었다.

그저 참고만 있는 것은 휘의 안위를 생각해서일 뿐.

그렇게 두 사람이 주변을 둘러보고 있을 때였다.

- 주인께서 나오셨다.

"주인님!"

파앗!

도마원의 전음이 끝나기 무섭게 화령이 달려가고, 그

뒤를 상기된 얼굴의 차강이 뒤따른다.

"이거 주변이 소란스러운 것이 다들 고생 좀 했겠네."

"아닙니다. 그보다 건강하게 보이셔서 다행입니다. 갑작스런 일이라 저희로선 걱정이 될 수밖에 없었던 지라…."

차강의 말에 휘는 쓰게 웃었다.

자신이 겪은 일이 있는 만큼 외부에서도 조용하진 않을 것이라 생각은 했지만, 자신이 예상했던 것 이상의 소란이 일어났던 모양이었다.

그 단편적인 예가 밖에 몰려든 어마어마한 사람들이지 않은가.

"다들 고생했어. 오늘 중으로 이곳에서 철수한다."

"존명!"

"그보다 몸은 좀 괜찮으세요? 분명… 이전과 크게 달라지신 것은 없는 것 같은데, 또 달라 보이는 것 같기도 하고…."

화령이 고개를 갸웃거리며 묻자.

휘는 빙긋 웃으며 답했다.

"달라진 게 없다면 없지만, 또 달라졌다면, 달라졌지."

"네?"

"머지않아 알게 될 거야."

단호한 휘의 말에 그녀는 더 이상 물어볼 수 없었다.

그저 휘의 밝은 웃음에 얼굴을 붉히는 것으로 다음 질문
을 대신 할 뿐.

❖

호북 형문산.

비록 구파일방에 이름을 들이진 못했으나 대대로 그 이
름을 널리 알려온 형문파가 자리를 잡고 있는 곳이다.

인원수도 무력도 넘치는 형문파이지만.

단 하루.

겨우 단 하루 만에 무너져 내렸다.

이유는 단 하나.

일월신교 때문이었다.

마침내 일월신교가 움직였고, 놈들은 보란 듯이 무한을
향해 일직선으로 움직이기 시작했다.

놈들이 행동으로 말하는 것은 단 하나.

무림맹을 박살내버리겠다는 것.

덕분에 그렇지 않아도 놈들의 움직임에 예의주시하고 있
던 무림맹 전체에 비상이 걸리며 정예 무인들을 본 단에 집
중시키기 시작했다.

또한 각파의 정예들 역시 무림맹을 돕기 위해 급하게 파
견되어 무한은 금세 무림인들로 넘쳐나는 지경에 이르렀다.

흉흉한 기세의 무림인들이 밤낮없이 돌아다니니 범인들은 밖으로 나서지도 못할 지경.

그들에게 피해가 간다는 것은 알고 있지만 무림맹으로선 지금 당장엔 어쩔 도리가 없었다.

어떻게 해서든 무림맹이 무너지는 상황만큼은 막아야 했으니까.

"철혈문에서 정예 서른이 도착했습니다."

"파절문에서 정예 열둘 입니다!"

"기린문에서 정예 육십입니다!"

쉬지 않고 올라오는 보고에 신묘와 삼뇌는 머리가 터질 것 같았다. 만약 두 사람을 돕기 위해 모용혜가 오지 않았다면 이런 사소한 것까지 챙기느라 쓰러져도 벌써 쓰러졌을 것이다.

"철혈문은 서쪽 1구역으로, 파절문은 북쪽 5구역으로. 기린문은 남쪽 3구역으로 배치하세요."

"예!"

그녀의 빠른 판단과 명령에 기다렸다는 듯 움직이는 사람들.

본래라면 밑의 사람들을 시켜도 충분한 일이지만 일월신교와의 정면 승부를 앞두고 있는 지금 괜한 실수를 하지 않기 위해 아예 모용혜가 이번 일을 책임지고 인원을 분산시키고 있었다.

각 문파마다 얽혀있는 은원이 다르고, 그 성격도 다르다
보니 어려운 일이지만 그녀는 거침 없이 일을 잘 처리하고
있었다.

"그녀가 없었다면 큰일 날 뻔했습니다."

"저도 마찬가지입니다. 암문주에겐 정말 나중에 개인적
으로라도 감사의 표시를 해야 하겠습니다."

"저 역시."

서류에서 눈을 떼지 않으면서도 잘도 대화를 나누는 두
사람.

두 눈은 서류를 읽고 두 손은 각기 따로 논다.

그러면서도 결코 중요한 부분은 놓치지 않았다.

자신들의 실수 하나가 이젠 돌이킬 수 없는 문제를 낳을
수 있다는 것을 너무나 잘 알기 때문이었다.

이번 싸움에서 밀려나면 다시 만회 할 기회가 없다는 것
도 둘은 잘 알고 있었다.

지금 무림맹의 전력은 그야 말로 전 중원 무림의 전력을
쥐어 짠 것이나 마찬가지이니까.

쥐어짰음에도 일월신교와의 승부를 장담 할 수 없다는
것이 또 슬픈 현실이다.

쉬지도 않고 움직이던 눈과 손이 먼저 멈춘 것은 신묘였다.

"음… 이거 곤란하게 되었군요."

"무슨 일이라도 있습니까?"

신묘의 말에 삼뇌가 하던 일을 멈추고 그를 보자, 신묘는 손에 들고 있던 서류를 그에게 건넨다.

서류를 살펴본 삼뇌의 얼굴이 일그러진다.

"후…! 죄송합니다. 이런 일이 없을 것이라 생각하지 않았던 것은 아니지만, 설마 했는데…."

"아닙니다. 정도맹이 정파 전체를 대표 할 수 없듯, 사황련도 마찬가지였을 뿐입니다. 같은 테두리 안에서라도 서로 의견이 다른 일은 종종 있을 수밖에요."

"이번 일로 인해 벌어진 손해에 대해선 본련이 차후 책임을 지도록 하겠습니다. 부디 이번 일로인해 맹의 움직임에 걸림돌이 되지 않았으면 합니다."

"충분히 이해 할 겁니다."

괜찮을 것이라고 고개를 끄덕이긴 했지만 신묘도 삼뇌도 얼굴 표정은 결코 좋지 않았다.

서류에 써진 내용은 사건으로만 보자면 큰 내용은 아니었지만, 그 속을 들여다보면 자칫 맹 전체에 흔들림을 줄 수 있을 정도의 일이었다.

정도맹 지원을 위해 아예 비워진 문파.

텅텅 빈 문파에 몰래 숨어 들어가 빈집 털이를 해버린 것이다. 그것도 사파의 문파가 말이다.

물론 사황련 소속의 문파가 아니라곤 하지만 지금 같은 시기에 예민한 문제이지 않을 수 없었다.

정사가 하나로 합쳐서 일월신교에 대행해도 부족할 판에 이런 사건 하나로 겨우 힘을 합친 지금, 다시 분열이 시작될 수도 있는 일인 것이다.

그렇기에 삼뇌는 자신들이 벌인 일이 아님에도 불구하고 사과하고 보상하기로 한 것이다.

이런 일은 묻어 두기 보다는 빠르게 사과하고 해결을 보는 것이 더 좋은 방법이라는 것을 알기 때문이다.

"우선 이 일은 해당 문파에 공개적으로 밝히고 사건을 마무리하는 선에서 처리하는 것이 좋겠습니다."

"동의합니다. 일단 저희 쪽에서도 다시 한 번 확인해서 이런 일이 재발하지 않도록 하겠습니다."

신묘와 삼뇌가 합의를 보고 해당 사항에 대해 지시를 내린다. 그리고 다시 기존의 업무로 돌아간다.

두 사람이 머리를 맞대고 일을 처리하고 있으니 망정이니, 그렇지 않았더라면 지금의 무림맹은 제 기능을 하고 있지도 못할 것이 뻔했다.

그때였다.

"지급입니다!"

"어디지?"

"암문입니다!"

수하의 보고에 보던 서류를 재빨리 내려놓고서 수하에게 다가가는 신묘.

어느새 삼뇌와 모용혜도 그의 근처에 다가선다.

"이거, 좋은 소식이로군."

서찰을 전부 읽어 내린 신묘의 얼굴이 환해진다.

"암문에 설마 이런 비장의 패가 있을 줄은 몰랐군."

모용혜를 보며 웃으며 신묘는 삼뇌에게 서찰을 전하고, 그의 얼굴에서 모용혜는 단숨에 서찰의 내용을 대충 알아차릴 수 있었다.

"아무래도 저희도 이번에 모든 것을 걸 생각인 모양이네요. 될 수 있으면 최대한 늦게 꺼냄으로서 일월신교의 뒤통수를 치려고 준비했던 패인데…."

웃으며 답하는 그녀.

서찰의 내용은 간단했다.

천마신교와 봉황곡, 북해빙궁이 암문의 요청에 의해 동시에 움직이게 된다는 것과 그들의 합류에 대해 양해를 구하는 내용이었다.

그렇지 않아도 절대고수의 숫자가 부족한 상황에서 세 문파의 합류는 엄청난 도움이었다.

천마신교의 경우 오랜 세월 그 명성을 잃었으나 암문이 자신 있게 그들을 끌어들였다는 것은 그 힘을 되찾았다는 뜻이니 당연히 큰 도움이 될 것이다.

여기에 북해빙궁의 실력은 이미 이전에 충분히 경험을 했었고.

봉황곡의 경우는 중원 무림에서 모르는 자들이 없는 절대강자이지 않은가.

이들이 합류하는 것만으로도 일월신교와의 싸움에서 승산이 최소 1할은 올라갈 정도였으니 신묘와 삼뇌가 어찌 반가워하지 않겠는가.

문제가 있다면 이들이 대체 언제 합류하느냐는 것이지만.

"이쪽에 연락을 했다는 것은 저쪽도 나름의 준비가 끝났다는 것일 거예요. 준비도 끝나지 않은 상태에서 연락을 취할 분은 아니니…."

"허면 언제쯤?"

"그건 저도 모르죠. 하지만 늦진 않을 거예요. 절대로."

"음…."

단호한 모용혜의 말에 신묘와 삼뇌는 서로 시선을 부딪쳤다가 동시 고개를 끄덕였다.

지금으로선 그녀의 말을 그리고 암문을 믿을 수밖에 없었다.

어차피 없던 인원이 갑작스레 생기는 것이다.

당장은 있는 인원을 잘 추슬러 일월신교에 대항하는 것이 먼저였다.

그 뒤는… 자연스럽게 풀려갈 것이다.

어느 쪽이든 말이다.

그저 최악의 방향으로 흘러가지 않길 지금은 바라는 수밖에 없었다.

第 107 章

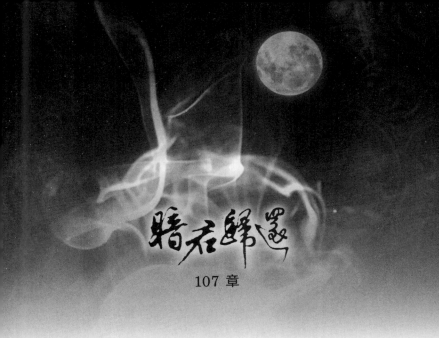

精氣歸還

107 章

　일월신교의 전력은 지금에 이르러 순수한 무인의 숫자만 물경 오만에 달했다.

　이 중 진짜 일월신교 무인은 겨우 이만에 불과했지만, 이 것만으로도 충분히 많은 숫자였다.

　중원의 절반을 집어 삼키는 동안 신교에 합류한 무인들이 한 둘이 아니었고, 그들을 받아들임으로서 신교는 그 몸집을 충분하다 싶을 정도로 불렸다.

　아직 실력은 늘지 않았지만 그만한 숫자를 보유하고 있다는 것만으로도 무서울 지경.

　이에 반해 무림맹의 총 전력은 등록된 무인의 숫자만

십만을 상회하고 있었다.

그야 말로 엄청난 숫자.

문제가 있다면 이 십만이란 숫자를 한 번에 움직일 수 없다는 것이었다.

아무리 군관(軍官)에 막대한 뇌물을 먹여가며 눈과 입을 다물게 만들어도 그 정도 숫자라면 황실에서 나설 수밖에 없다.

결국 있으나 마나한 숫자가 되어버리는 것이다.

거기에 전체 인원이 그렇다는 것인지 일류 무인으로만 대상을 축소하면 겨우 삼만 남짓.

일월신교의 정예 이만에 비해 겨우 일만이 많을 뿐.

이마저도 부족한 전력이었다.

전력이 어쨌든 싸움은 시작되었고 이젠 자신들도 대응하여 움직일 때였다.

"놈들과 싸우는 장소는 무한보다는 천문에서 제법 떨어져 있는 적혈평야가 나을 것 같습니다."

"적혈평야라면 과거 대규모 전쟁에서 수많은 이들의 피로 붉게 물들었다는 그곳인가?"

"예. 도시에서 먼데다가 과거 그곳에서 수많은 이들이 죽었기 때문에 일반인들의 발걸음이 뜸한 곳이니 나쁘지 않은 장소로 보입니다."

신묘의 제안에 검제는 상석에 앉은 채 고개를 끄덕였다.

확실히 적혈평야라면 결코 나쁘지 않은 장소였다.

어느 쪽에도 유리하지 않은데다 일반인들에게 피해를 주지 않고 싸울 수 있는 곳이니까.

"기왕 싸울 것이라면 우리에게 유리한 곳으로 지정하는 것이 낫지 않겠나?"

그 물음에 대답한 것은 삼뇌였다.

"저들의 전력이라면 어설픈 준비는 차라리 안하느니 못할 것입니다. 게다가 이동 속도를 생각하면 미리 준비를 하는 것도 어렵습니다."

"흠… 허면 놈들을 그곳으로 끌어들일 방법은?"

"정공법을 펼쳐야지요."

"정공법?"

검제의 되물음에 삼뇌는 고개를 끄덕이며 답했다.

"적혈평야로 놈들을 초대할 생각입니다. 만약 놈들이 이 싸움을 통해 중원 무림을 손에 넣을 생각이 있다면 반드시 응할 것입니다."

확신에 찬 삼뇌의 말.

신묘 역시 같은 생각이라는 듯 고개를 끄덕이며 동의한다.

하지만 검제를 비롯해 회의장을 가득 채운 무림맹의 주요 인사들은 불안한 감정을 떨칠 수 없었다.

만약 놈들이 자신들의 뜻대로 움직이지 않으면 그야 말로 속수무책으로 당하는 꼴이 될 테니.

그런 사람들의 불안함을 읽은 신묘가 자리에서 일어섰다.

"불안해 할 필요 없습니다. 놈들은 반드시 그곳으로 오게 될 겁니다. 놈들도 이 싸움이 가지는 의미를 파악하지 못할 정도는 아닐 테니까요. 우리는 그저 최선을 다해 준비하고 후회하지 않을 싸움을 벌이면 됩니다."

"솔직히 말해 숫자는 우리가 위이지만 전력 자체만 놓고 보면 뒤지는 것이 사실입니다. 이에 대해선 다들 어느 정도 알고 있을 겁니다. 그렇다고 해서 이대로 무림을 놈들에게 내어 줄 수도 없는 일이지 않습니까."

삼뇌가 신묘의 말을 이었고, 그가 말을 마치자 신묘가 다시 말했다.

"생각지도 못한 곳에서 본 맹을 돕기 위해. 중원 무림을 위해 움직여 주기로 했습니다."

"생각지도 못한 곳?"

검제조차 처음 듣는 이야기인 듯 신묘를 보며 되묻는다.

그동안 말할 기회가 없었기 때문이지만 이에 대해 신묘는 가볍게 고개를 숙여 사과를 하고선 말했다.

"북해빙궁이 지난 일의 사과표시로 본 맹을 돕기로 하고, 현재 움직이고 있는 중입니다."

"북해빙궁!"

"그들을 믿을 수 있겠소?"

단숨에 술렁이는 회의장.

그 대부분은 놈들을 믿을 수 있겠냐는 말이었다. 당연한 반응이었다.

북해빙궁으로 인해 한 때 무림 전체가 난리가 났었으니. 쉬이 믿을 수 없을 수밖에.

하지만 신묘의 말은 여기서 끝이 아니었다.

"또한! 천마신교가 오랜 침묵 끝에 도움을 주기로 했습니다."

"허! 천마신교라니…."

"그들이 이제 와서?"

"아직도 명맥을 잊는 중이었나."

천마신교의 등장에 많은 이들이 놀라워한다.

한때 천하를 호령했었지만 이제와 그 이름이 희미해진 것은 사실이기 때문이다.

"천마신교에서 전하길 예전의 성세는 아직 찾지 못했으나, 그 힘만큼은 결코 뒤지지 않는다 했습니다. 사유야 어찌 되었든 그들의 합류는 큰 힘이 되어 줄 것입니다."

"음…."

"마인이라니…."

신묘의 추가 설명에도 망설이는 사람들.

비록 천마신교의 이름은 희미해졌으나 마인(魔人)에 대한 부정적임은 여전히 크게 남아 있었다.

그런 그들에게 신묘는 마지막 패를 꺼내 들었다.

"마지막으로 봉황곡에서도 움직이기로 했습니다."

"봉황곡!"

"그, 그들이?!"

봉황곡이라는 이야기에 회의실이 크게 술렁인다. 이전과 비교 할 수 없을 정도로 사람들의 얼굴이 상기되어 있었다.

당연한 이야기였다.

봉황곡은 비록 여인들로만 이루어진 문파이지만 그 힘은 무림에서도 손에 꼽히는 곳.

심지어 그들의 정확한 위치조차 알려지지 않은 신비문파인데 그들이 합류하여 준다는 것은 여러 가지로 엄청난 힘이 되어 줄 것이 분명했다.

"천마신교, 북해빙궁, 봉황곡. 이 세 세력의 합류는 전적으로 암문주께서 수고를 해주셨습니다. 암문에 따르면 그들은 합류를 위해 분주히 준비를 하고 있으며, 싸움에 늦기 않게 도착 할 것이란 전언이 있었습니다."

"암문에서…."

"또 암문인가?"

"이거 참…."

신묘의 이어진 이야기에 사람들의 이야기 방향이 자연스럽게 바뀌어 간다.

현재 무림에서 암문이 가지고 있는 위치는 결코 낮지 않다.

이제는 무너졌지만 과거 구파일방이나 오대세가가 자랑했던 영향력과 크게 다르지 않다는 것이 중론.

그만큼 암문이 무림을 위해 한 역할과 활약에 대해 많이 알려진 것이다.

휘로선 최대한 조용히 움직이고 싶었지만 많은 이들에게 희망을 부여하기 위해 신묘와 삼뇌가 일부러 암문에 대한 소문을 사방에 뿌린 결과였다.

"암문 역시 이번 일을 위해 조만간 합류하게 될 것입니다. 지금 우리가 해야 하는 것은 놈들을 상대한 만반의 태세를 갖추는 것뿐!"

삼뇌의 강한 어조에 사람들의 고개가 끄덕여지고.

그것을 확인한 검제가 자리에서 일어섰다.

"무림맹주로서 명령하지. 준비된 무림맹 무인들은 즉시 적혈평야로 이동한다! 이번 싸움으로 일월신교의 간악한 술수를 완전히 막아낼 것이다!"

"존명!"

무림맹이 끓어오르기 시작했다.

무림맹과 일월신교가 대규모 싸움을 위해 움직이는 동안 휘를 위시한 암영들은 의외로 조용했다.

미리 싸움이 벌어질 적혈평야에 대해 들었기 때문에 암문으로 돌아와 그동안 쌓인 피로를 충분히 푸는 암영들과 폐관에 들어가 새로 깨달은 힘을 좀 더 다듬는 작업에 열중인 휘.

조용하기만 한 암문이지만 그 속에 감도는 긴장감은 그 어디에도 비할 바가 아니었다.

특히 휘가 들어간 폐관실 주변으로는 더 심했다.

우우웅―.

구구구!

시도 때도 없이 강한 기운이 외부로 표출되고, 땅이 흔들린다.

대체 저 안에서 무슨 일이 벌어지고 있는 것인지 감을 잡을 수 없을 정도로 어마어마한 양의 기운이었다.

정작 폐관실 안에 있는 휘는 편안함을 느끼고 있었지만.

우웅, 웅! 웅!

전신에서 흐르는 기의 양이 이전과 비교 할 수 없을 정도였다.

'좋아, 이런 기분.'

다른 사람과 비교 할 수 없을 정도로 강력한 내공과 육체를 지니고 있던 휘지만, 자신 스스로 어이가 없을 정도로 지금은 그 차원이 달라져 있었다.

이전에 가지고 있던 내공이 강이나 바다라고 한다면.

지금은 아무것도 느껴지지 않았다.

그저 자신이 원하면 필요한 만큼의 기운이 얼마든지 솟아난다고 할까.

'이걸 어떻게 설명 할 수 있을지 모르겠지만, 분명 한 것은 인간의 몸으로 할 수 있는 짓이 아니라는 거지.'

대체 왜 혈마가 자신의 후계를 찾기 위해 그 까다로운 짓을 벌였던 것인지 철저히 이해가 갔다.

적어도 그런 고생을 하며 단련된 육체와 정신력이 없다면 지금의 상태는 결코 간단히 버틸 수 있지 않았다.

쉽게 말해서 조금만 움직여도 무엇이든 박살을 내버릴 수 있을 것 같은 힘을 손에 쥐고 있는데, 이걸 참고 평범한 생활을 한다는 것은 결코 쉬운 일이 아니었다.

여기에 혈마공 역시 마공.

마기가 뇌에 침투하는 상황에서 자칫 폭주라도 일으킨다면 무림에 큰 재앙을 불러 올 수도 있는 수준이었다.

지금의 휘가 폭주를 한다면….

무림 그 누구도 막을 수 없으리라.

'이렇게 생각하면 오히려 일월신교주가 있다는 것이 다행으로 느껴질 정도니까. 설마 그의 존재를 다행이라고 생각하게 되는 날이 올 줄은 몰랐는데.'

쓰게 웃는 휘.

아무리 생각해도 이런 날이 올 것이라곤 예상치 못했기

때문이다.

어쨌거나 폭주의 위험은 적어도 휘에겐 없었다.

혈마공을 완전히 자신의 것으로 만듦으로서 마기가 뇌에 침투하는 상황 자체가 없어져 버렸으니까.

"혈마공 4단계가 이렇다면, 5단계는… 어쩌면 없는 것은 아닐까?"

이제와 생기는 의문 하나.

혈마공은 분명 5단계까지 존재한다.

하지만 지금 4단계만 하더라도 인간의 경지를 벗어나는 것이라 과연 5단계가 존재하는 것인지 조차 의심스러웠다.

하지만 지금 중요한 것은 그게 아니었다.

"언제고… 그 경지를 볼 수 있겠지."

죽지 않는다면.

이 싸움을 승리로 이끈다면 언제고 볼 수 있을 것이다.

혈마공의 끝을.

적어도 휘는 이 싸움을 패배로 끝낼 생각이 조금도 없었다. 아주 조금도.

"재미있군."

수하의 보고에 웃는 교주.

거대한 가마 위에 편하게 앉은 그가 손을 들자 가마가 천천히 멈춰서고.

가마를 호위하듯 둘러싼 채 움직이던 일월신교 무인들이 동시에 멈춰 선다.

그 숫자가 물경 이만이었다.

즉, 일월신교 정예 무인들은 모조리 이끌고 나온 것이다.

"그래서 무림맹 정예가 전부 적혈평야로 집결하고 있다는 것이지?"

"그, 그렇습니다. 무림맹주를 비롯한 정예들 전원이 적혈평야로 당당히 움직이고 있습니다."

"우릴 부르는 거로군."

피식 웃으며 무림맹의 행태에 웃고 있을 때였다.

츠츠츠.

"무림맹에서 서찰이 왔습니다."

또 다른 수하가 앞에 부복하며 붉은 서찰을 들어 올린다.

그러자 교주의 호위 중 하나가 나서서 그것을 확인한 뒤 교주에게 다시 전달한다.

내용은 짧았다.

– 건곤일척의 승부는 적혈평야에서. 피하질 않길.

"푸하하하!"

팡팡!

크게 웃으며 손으로 가마를 연신 내려치는 교주.

그러던 그가 벌떡 자리에서 일어서더니 외친다.

"적혈평야로 간다!"

웃고 있지만 살기 가득한 두 눈의 교주.

거기에 영향을 받은 것인지 일월신교 무인들 전원이 막강한 투기와 살기를 발산한다.

중원 무림의 명운을 건 거대한 싸움이 시작하려 하고 있었다.

적혈평야의 붉은 대지를 중심으로 동과 서로 나눠선 두 세력.

무림맹과 일월신교 무인들이 뿜어내는 기세는 사방을 흉흉하게 만들었다.

투기와 살기가 뒤섞인 전장.

당장이라도 서로를 향해 달려들 것 같은 분위기지만 겨우겨우 거기까진 가지 않고 있었다.

서로를 향한 거리 삼백 장.

가깝다면 가깝고, 멀다면 먼 거리지만.

싸움이 시작된다면 순식간에 그 거리 전체가 붉은 피로 물들게 될 것이란 사실은 누구도 부정하지 않았다.

"눈으로 직접 보니 엄청나군."

"…지금이라도 돌아가시는 것이?"

"하하, 맹주가 뒤로 빠지면 남은 자들의 사기가 어떻게 되겠나? 어차피 살날도 얼마 남지 않은 늙은이가 목숨을 아까워 할 필요는 없지."

검제의 당당한 발언에 신묘는 긴 한숨을 내 쉬었다.

본래는 검제의 위치와 건강을 생각하여 본 단에서 후방 지휘를 맡길 생각이었지만, 끝내 그것을 받아들이지 않고 이곳까지 온 것이다.

그의 고집을 알고 있기에 결국 신묘도 설득하는 것을 중단했다.

이야기 해봐야 자신의 입만 아플 테니까.

"냉정하게 이야기해서 본 맹의 승률은 아득히 낮습니다. 암문의 도움으로 세 세력이 도움을 준다고 하지만 그것도 제때 도착해야 도움이 되는 것이니… 차라리 없는 걸로 치는 것이 좋겠죠. 적어도 지금으로선."

"그래도 가능성이 아예 없지는 않군. 그거면 됐지 않은가."

그 말에 신묘는 더 이상 말을 할 수 없었다.

확실히 가능성이 아예 없는 것보다는 나았으니까.

"그보다 그가 늦는군."

검제의 시선이 한 곳으로 향한다.

"전략 따윈 없다. 압도적인 힘으로 눌러버린다. 공격."

"와아아아―!"

파바밧! 파앗―!

교주의 명령과 함께 일월신교 무인들이 일제히 달려나가기 시작한다.

거대한 함성과 함께 막대한 마기를 쏟아내기 시작하는 놈들을 보며, 마음의 준비를 하고 있던 무림맹 무인들이 침을 삼킨다.

그것도 잠시.

"중원 무림을 위하여! 우리는 승리한다!"

"공격!"

"와아아아―!"

맹주의 명령과 함께 무림맹 무인들 역시 달려나가기 시작했다.

그 선두에 사황이 있었다.

"하아압!"

푸확―!

사황의 거대한 도가 단숨에 적들의 목을 가르고, 몸을 베고 지나간다.

지나간 자리 뒤로 피어오르는 혈우!

"단주의 뒤를 따라라!"

"뒤쳐지는 새끼들은 그냥 지금 죽어!"

거칠게 말을 쏟아내면서도 사황의 뒤를 곧장 따라 움직이는 용호단!

비록 나이는 많지 않으나 그 실력만큼은 누구에게도 떨어지지 않는 그들은 패기로 똘똘 뭉친 채 사황의 뒤를 따르며 혁혁한 공을 세우기 시작했다.

물론 패기만으로 모든 것이 해결 되는 것은 아니었다.

일월신교 무인들은 아주 강한 상대였고, 그들을 상대하기 위해선 용호단의 무인들 역시 목숨을 내걸어야 했다.

죽고 죽이는 싸움이 연신 이어지고.

전장이 혼돈에 빠지기 시작했다.

"나쁘지 않군."

뒤편에서 전장을 바라보며 코끝에 가득 느껴지는 혈향을 맡으며 교주 연중문은 웃었다.

수많은 이들이 뒤섞이며 어마어마한 피를 흘리는 모습이 너무나 익숙하고 또 익숙해서. 이젠 마치 집에 온 것 같은 포근함이 느껴질 정도였다.

왜 그렇지 않겠는가.

전생에선 거의 매일을 이런 식으로 싸우며 나뒹굴었었는데 말이다.

오히려 지금까지 참아온 것이 대단할 지경이었다.

"그래, 내가 바라던 것은 이런 것이었지."

얼굴 가득한 미소가 오싹해 보인다.

"너희도 가라."

"존명!"

파바밧!

교주의 명령이 내려지기 무섭게 가마 주변을 호위하고 있던 자들이 한명도 빠짐없이 전장을 향해 달려간다.

그는 이 싸움을 통해 아예 결판을 볼 작정인 것이다.

"자, 나와라. 이제는 나도 재미를 좀 봐야 하지 않겠느냐."

교주의 시선이 무림맹쪽에서 서서히 오른쪽으로 틀어져 먼 곳을 향한다.

"합류하는 즉시 흩어지지 말고 뭉쳐서 싸우도록 해. 최대한 나와는 멀리 떨어지고."

"예!"

"마지막 싸움이다. 그리 생각하고 최선을 다한다!"

휘의 외침에 그를 따르는 모두가 고개를 끄덕이며 전의를 다진다.

출발하는 것이 조금 늦어 싸움이 벌써 시작해버렸음을 멀리서도 느낄 수 있었다.

그만큼 적혈평야에서 뿜어져 나오는 기운은 어마어마한 것이었으니까.

"가자!"

마침내 전장이 눈에 들어오고, 휘의 명령과 함께 일제히 달려 나가는 암영들.

그런 암영들을 뒤로 하고 휘는 전장의 중앙을 향했다.

그곳에 검제가 무림맹 장로들과 함께 부상당한 몸을 이끌고 연신 적들을 상대하고 있었으니까.

푸확!

"후욱, 후욱!"

적의 목을 날려버린 검제가 거칠게 숨을 토해낸다.

창백해진 얼굴이 아직 그가 내상을 완치하지 않았음을 알리지만, 그는 멈출 생각이 없었다.

적어도 마음은 말이다.

부들부들!

"빌어먹을!"

마음과 달리 몸은 한계에 도달했는지 제대로 서 있을 수도 없을 만큼 부들거린다.

조금만 힘을 풀어도 당장 자리에 주저앉을 만큼.

"죽어어어!"

"이 늙은이!"

"맹주!"

은연중에 맹주를 호위하고 있던 자들의 장벽을 뚫고 달려드는 신교 무인들 여럿.

갑작스런 상황에 이곳저곳에서 비명이 터져 나오고, 검제 역시 다시 움직이려 했지만. 지쳐버린 몸은 생각보다 빠르게 반응하지 않았다.

쐐애액-!

자신을 향해 날아드는 검을 보며 이를 악무는 그때.

퍼퍽! 펑!

놈들의 머리가 연신 터져나가며 육신이 무너져 내린다.

"늦었습니다."

"자네!"

휘였다.

휘가 검제의 위급한 상황을 보고선 권강을 날려 놈들을 처리한 것이다.

마치 이 순간을 기다렸다는 듯 멋있게 등장하는 그를 보면서 검제는 휘의 등장을 격하게 반겼다.

자신이 살아서가 아니었다.

중원 무림 최강의 무인.

그가 마침내 이곳에 도착했기에 기뻐하고 있는 것이다.

"뒤로 물러서서서 지휘를 하십시오. 이곳에 계셔봐야 도움이 될 것 같진 않습니다."

"에잉… 잔인하긴. 쯧!"

"부탁드리겠습니다."

"잡으러 갈 생각인가?"

검제의 물음에 휘는 빙긋 웃으며 고개를 끄덕였다.

무엇을 묻는 것인지 대번에 눈치 챈 것이다.

"이길 수 있겠나?"

"해봐야겠죠."

"이런 말이 안 어울리겠지만. 행운을 비네."

진지한 검제의 얼굴을 보며 휘는 고개를 끄덕이고선 다시 몸을 날렸다.

저 멀리서… 자신을 향해 달려오는 자가 있었다.

달려가는 휘의 뒷모습을 보던 검제는 긴 한숨을 내쉬며 뒤편으로 몸을 빼기 시작했다.

휘의 말처럼 지금의 자신은 큰 도움이 되지 않았다.

그렇다고 전장을 아예 빠져나갈 생각은 없지만, 또 나름대로 무림을 위해 지금의 자신이 해야 할 일이 있을 것이라 생각했다.

'꼭 이겨라!'

휘의 승리를 응원하며.

채채챙!

서컥! 콰지지직!

각종 무기가 부딪치고 기괴한 소리가 들려온다.

여기에 비명소리와 함께 코를 찌르는 혈향까지.

도저히 가만히 있을 수 없는 전장의 중심에 두 사람이

마주 섰다.

"제법이군."

교주 연중문이 눈썹을 꿈틀대며 휘를 보며 감탄했다.

어느 정도 강해질 것이라고 생각은 했지만 지금의 모습은 자신이 예상했던 것을 아득히 뛰어넘고 있었다.

그리고 그 모습에서 강렬한 호승심을 느끼고 있었다.

당장이라도 놈의 목을 베고 싶은 강렬한 호승심 말이다.

"이게 네가 바랐던 모습 아닌가?"

"맞아! 내가 그토록 원했던 모습이지. 물론 내 예상을 아득히 뛰어넘기는 하지만… 나쁘지 않아. 아니, 아주 마음에 들어. 내 마음이 흡족할 정도로."

웃는 교주를 보며 휘는 굳은 얼굴로 물었다.

"네가 원하는 게 뭐지? 굳이 실패했던 것을 다시 돌아와서까지 할 필요가 있었나?"

"호? 거기까지 생각했나? 확실히 머리가 잘 돌아가는군. 아니지, 시간을 거슬러 왔기 때문인가?"

"대답이나 해라."

단호한 휘의 말에 그는 어깨를 으쓱이며 답했다.

"그게 내 삶의 이유니까. 그리고 사내로 태어나 무림을 손에 넣겠다는 야욕이 없다면 그것도 거짓이겠지."

"네 욕심 하나 때문에 수많은 이들이 죽어가는 건?"

"그뿐이지. 굳이 내가 거기까지 신경 써야 할 이유를 모르겠군."

차갑게 웃는 교주를 보며 휘는 속으로 한숨을 내쉬었다.

처음부터 놈에게서 사과를 들을 것이란 기대 따위는 조금도 하지 않았었다.

아니, 사과를 한다고 해서 이제와 서로의 관계가 달라질리 없다.

어차피 서로를 죽이고, 죽여야 끝난다.

둘은 그런 관계였다.

두 사람의 몸에서 물씬 풍기는 강렬한 기운은 절로 둘을 중심으로 거대한 원을 그리며 벽을 만든다.

그 벽은 점차 넓어져 이곳으로 다가서는 자들을 없게 만들었다.

파직, 파지직!

두 기운이 부딪치며 날카로운 소리를 만들어 내지만, 정작 당사자인 둘은 개의치 않는 듯 서로에게서 눈을 때지 않는다.

"마지막으로 묻지."

"얼마든지."

"어떻게… 시간을 거슬러 온 거지?"

"본교 최후의 술법으로. 동정동녀의 정혈(精血) 천명 분과 일류고수의 정혈 천명 분. 그것이 최소한의… 조건이지.

그 과정에서 네놈이 나와 함께 넘어온 것은 사소한 실수에 불과하지만."

"네놈은… 변하지 않는구나."

"변해? 누가? 내가? 왜? 나는 나일뿐. 누구도 될 수 없고, 누구도 내가 될 수 없다!"

"그래, 그렇겠지. 시작해 볼까?"

고오오-.

쿠오오오오!

말이 끝나기 무섭게 휘가 지금까지완 차원이 다른 기운을 끌어올리기 시작했다.

동시 거대한 혈룡이 휘의 몸에서 뛰쳐나와 선명한 몸을 드러내며 사방을 폭풍처럼 휘감기 시작한다.

이전 세 마리로 늘어났던 혈룡은 이제 한 마리뿐.

하지만 그 덩치는 이전과 비교 할 수 없을 정도로 커져 있었고, 놈에게서 느껴지는 힘 역시 비교 할 수 없었다.

"그래, 시작하지."

쿠구구구!

드득, 득!

드드드!

두 사람의 기운이 요동치자 대지가 흔들린다.

하늘이 일그러지고 주변에 강렬한 영향을 미치며 적아를 가리지 않고 강한 내상을 입힌다.

심할 경우엔 피를 쏟으며 자리에서 쓰러지는 자도 있었
다.

"피해라!"

"죽고 싶지 않으면 거리를 벌려라!"

사방에서 비명과 같은 고함소리가 들려오고.

시끄럽던 전장이 일시에 양측으로 갈리며 정리가 된다.
그리고 그 넓은 적혈평야에… 장양휘와 연중문 두 사람만
이 남았다.

콰지직! 콰직-!

견디지 못한 땅이 결국 부서지고.

높은 밀도의 기에 의해 하늘에 떠오르기 시작한다.

우웅, 웅!

강하게 공명하는 혈룡검을 뽑아드는 휘.

녀석의 위로 선명한 붉은 강기가 만들어지고.

그것을 본 연중문 역시 검을 들었다.

검은 강기가 놈의 검 위를 덮고.

스팟!

두 사람의 신형이 동시에 사라졌다.

그리고!

콰콰쾅-!

천지가 뒤흔들린다!

쩌어엉-!

둘의 검이 부딪치고 떨어졌다가, 다시 부딪친다.

그 어마어마한 힘 앞에 속수무책으로 무너지기 시작하는 지반.

투확!

두 사람의 강기 파편이 무서운 무기가 되어 사방에 흩날리고.

과연 이것이 사람의 싸움이 맞나 싶을 정도로 점차 그 강도가 높아져만 간다.

'할 수 있다! 할 수 있어!'

교주과 순식간에 수십 초를 주고받은 휘는 충분히 자신이 할 수 있다고 느꼈다.

몸이 말해주고 있었다.

이길 수 있다고!

환해지는 휘의 얼굴과 달리 교주 연중문의 얼굴은 굳어만 간다.

'이럴 수가? 이럴 리가…!'

놈은 강해지고 있었다.

자신이 생각했던 것보다 강해져서 온 것은 좋았다. 그런데 직접 부딪치니 상상 이상이었다.

자칫 자신의 목숨이 위험할 만큼.

문제는 지금 이 순간에도 놈이 강해지고 있다는 것.

"두 번! 두 번의 실패는…! 있을 수 없다!"

"죽어 사과해라! 네놈의 욕심 때문에 죽어간 이들에게!"

쿠오오오-!

혈룡이 울부짖으며 하늘로 솟구치고!

두 사람이 전력으로 부딪친다.

콰르르릉!

천지가 뒤집힌다.

108 章

지글지글.

숯불 위에서 탐스럽게 익어가는 거대한 멧돼지구이.

제대로 익히기 위해 곳곳에 새겨진 칼집마저 침을 흘리게 만들고, 녀석이 완성되어가면서 풍기는 냄새는 도저히 참을 수 없게 만든다.

"하, 할아버지. 조금만, 응? 조금마안!"

그 냄새를 이기지 못한 작은 소년이 멧돼지를 굽고 있던 노인의 등에 매달리며 애교를 부린다.

그러자 노인은 웃으며 고개를 저었다.

"녀석아. 아직 더 기다려야 먹을 수 있어. 지금 먹었다간

단박에 탈이 날 것이야. 네 어미에게 이 할애비가 혼나는
모습을 보고 싶으냐?"

"우웅… 그건 아니지만."

혼난다는 이야기에 입을 삐죽이며 물러서는 아이.

그 모습이 여간 귀여운 것이 아니었던지 노인은 아이의
머리를 쓰다듬으며 말했다.

"조금만 기다리면 손님들이 오실게다. 손님들이 오면 더 많
은 요리가 차려질 것이니 그때 마음껏 배부르게 먹자꾸나."

"손님은 언제와요?"

"흠… 곧 올 때가 된 것 같은데…?"

노인의 시선이 정문을 향한다.

산 속에 만들어진 작은 집이지만 있을 것은 다 있는 그
곳. 활짝 열린 정문의 맞은편으로 빼곡하게 들어선 나무들
이 가득하고.

"너 때문에 늦었잖아!"

"악! 누나! 아프다니까! 진짜 아파!"

"아프라고 때리는 거야!"

"아, 진짜! 어떻게 이런 성격을 가지고 대장이랑 사는 거
지? 대체 어떻게?"

"죽을래?"

"…죄송합니다."

시끌벅적한 소리와 함께 숲을 통과해 모습을 드러내는

수십의 사람들을 보며 노인은 반가운 미소로 자리에서 일어섰고, 갑작스런 사람들의 등장에 아이는 재빨리 노인의 뒤로 돌아간다.

"오랜만일세."

"오랜만에 뵙습니다!"

"건강하신 모습을 보니, 마음이 편안해지는군요!"

"허허, 늙은이가 뭐 나빠질게 있겠는가? 편하게 좋은 것만 보며 먹고 살고 있는데 말일세."

"상단주께서 이렇게 살고 있는 게 알려지면 금사상단에서 난리가 날 겁니다. 하하하!"

"난리가 날 건 또 뭔가? 이미 물려줄 건 다 물려주고 물러섰는데. 더 이상 골치 아픈 일에 휘말리는 건 질색이네."

연태수의 말에 웃으며 대답하는 파가릉.

과거 대막제일상단이었던 금사상단을 주무르며 대막을 호령하던 그는 이제 평범한 노인의 모습으로 손자를 키우며 산속에서 조용히 살고 있었다.

"그 아이가 대장의…? 참 빠르게도 크는군요."

"아이들은 빠르게 크는 법이지. 녀석이 태어났을 때 보고 안 보지 않았나."

"바쁘다보니…."

파가릉의 말에 태수를 비롯한 모두가 어색한 웃음을 짓는다.

일월신교와의 거대한 싸움이 끝나고.

암영들은 중원 전역으로 흩어져 일월신교 잔당을 소탕하기 위해 돌아다녀야 했다.

그 과정에서 무림맹은 진정한 무림맹으로 우뚝 설 수 있었고, 모든 싸움이 끝났다고 선언하며 맹이 해산 한 것이 바로 몇 년 전의 일.

"그런데 주군. 아니, 우리 남편은 어디로 갔어요? 그러고 보니 동생도 안보이네?"

언제 집안을 둘러본 것인지 화령이 파가릉에게 다가서며 물었고, 파가릉의 뒤에 숨어 있던 아이는 화령에게 달려가 안긴다.

"큰 엄마!"

"그래그래. 우리 영웅이 잘 있었지? 엄마 말 잘 들어야 해? 안 그러면… 혼난다?"

"영웅이 엄마 말 잘 들어!"

"그래."

영웅의 머리를 쓰다듬는 그녀를 보며 파가릉이 전의 질문에 답했다.

"잠시 밖에 나갔네. 손님이 오는데 이걸로는 부족할 것 같다면서."

"오는 모양이네요."

그의 말이 끝나기 무섭게 화령이 정문을 바라보고.

그곳에는 거대한 멧돼지 둘을 어깨에 걸친 장양휘와 토끼와 꿩을 붙들고 있는 파세경, 모용혜가 걸어오고 있었다.

"왔어?"

휘가 모두를 보며 환한 미소를 짓는다.

"아빠!"

영웅이 휘를 향해 달려가는 모습을 보던 태수가 화령의 곁에 다가가 조용히 물었다.

"누나는 아직 소식 없어? 세경이 애가 저리 컸는데. 혜도 얼마 전에 소식이 있었다면서?"

"글쎄… 노력은 하는데….''

침울한 표정을 짓는 그녀.

"역시, 그때의 영향일까?"

"어쩌면."

둘이 거의 동시 한숨을 내쉰다.

아이를 가지려고 하지 않은 것은 아닌데, 들어서지 않았다. 그리고 그 원인을 암영으로 만들어지던 그때의 영향이 아닐까 하고 있었다.

정확한 원인은 누구도 알 수 없지만.

"에이, 고민하면 뭐해! 일단 먹… 우욱!"

"응? 왜 그래?"

"나 속이… 우욱!"

헛구역질을 연신하던 그녀가 결국 화장실을 향해 달려가고.

그 모습을 멍하니 보고 있던 태수의 얼굴에 설마 하는 표정이 실리더니 곧 환하게 웃는다.

"이거 내년에는 조카가 생기는 건가? 하하하!"

"뭐가 그렇게 좋아서 웃는 거야?"

백차강과 도마원이 다가서며 묻자 태수는 웃는 얼굴로 방금 전의 상황을 이야기했고.

세 사람의 얼굴에 미소가 떠오른다.

"잘 됐으면 좋겠다. 주군은… 이제 행복하게 살았으면 하니까."

영웅을 품에 안은 채 웃고 있는 휘의 모습을 보며 세 사람은 고개를 끄덕인다.

이제 휘가 무림에 나서는 일은 없을 것이다.

일월신교의 망령이 다시 살아나지 않는 이상은.

그리고 그 망령이 일어서지 않도록 그들은 무림을 돌아다니며 놈들을 잡아내고 있었다.

암영(暗影)의 영원한 주인이자 지배자.

암군(暗君)이 편히 쉬길 바라며.

〈 완 결 〉